Franzosen küssen besser!

D1925026

Martina Sahler

Franzosen küssen besser

Thienemann

Für Gunnar

Das Leben einmal umgekrempelt!

»So ein Sklavenjob! Langsam hab ich die Faxen dicke! Wird Zeit, dass ihr Gäste bekommt. Macht keinen Bock, wegen der lächerlichen dreißig Brötchen über die Dörfer zu gurken.« Philipp parkt sein Fahrrad mit dem zweirädrigen Anhänger vor dem Eingang der Villa Wildsee. Der Duft nach frischen Backwaren schwebt über ihm und seinem Gespann. Hm, ich freue mich aufs Frühstück mit ihm!

Ich greife in seine Karre, um den Beutel herauszunehmen. »Wie? Keine Lust auf Frühstücksorgie mit mir? Du musst dich gut mit mir stellen. Schließlich bin ich hier die Juniorchefin!« Wir grinsen uns an. Dann steckt Philipp die Hände in die Taschen der Workerjeans und folgt mir.

Egal ob morgens, mittags oder abends, er sieht mit seinen wuscheligen Haaren immer irgendwie verschlafen aus. Aber das ist nur Tarnung. Ich habe ihn nämlich ein paarmal auf die Probe gestellt. Wenn es darauf ankommt, reagiert er hellwach.

Er brummt etwas, das ich nicht verstehe, aber ich weiß, dass es das Richtige ist.

Wie ich eigentlich alles an Philipp richtig finde.

Ich habe ihn vor einem Monat kennengelernt, als ich die Umgebung der Villa Wildsee checkte, um herauszufinden, ob es hier außerhalb der Saison noch irgendwas anderes gibt als Tannenzapfen und quakendes Viehzeug. Irgendwas wie einen Jugendtreff, ein Musikgeschäft, ein Internetcafé. Stattdessen habe ich im benachbarten Dorf die Bäckerei Hinrichsen gefunden und hinter der Verkaufstheke Philipp, wie er Croissants und Hefeteilchen in Tüten packt. Er ist gerade vierzehn geworden und damit knapp ein halbes Jahr älter als ich.

»Ab morgen geht hier der Stress los«, kläre ich ihn auf, als wir in Richtung Küche schlendern. »Heute Nachmittag reisen fünfzehn Typen aus Köln mit mehreren Trainern, Masseur und Arzt an. Hoffnungsvolle Nachwuchstalente eines Fußballvereins. Und für das Wochenende haben sich gleich zwei Gruppen angesagt. Zehn Girlies einer Musicalschule aus St. Peter-Ording und die achte Klasse einer Jungenschule aus der Bretagne. Wahrscheinlich wird deine Karre gar nicht ausreichen, um die alle mit Futter zu versorgen.«

»Moin, Lilly.« Mein Opa. »Wer braucht Futter?«

Er tritt aus dem Vorratsraum in die Küche, knotet sich die weiße Schürze am Rücken zu und zwinkert in meine Richtung. Sein Gesicht sieht aus, als hätte es jemand aus Knete geformt, mit einem Paar hellblauer Augen, die – das habe ich vor einem Spiegel untersucht – aus derselben Tüte stammen müssen wie meine. Mein Kuss hinterlässt eine Einbuchtung auf seiner Wange.

»Wir brauchen nur unseren Kakao. Und den mixen wir uns schon selbst, Opa.«

Ich hole eine Flasche Milch aus dem Kühlschrank und schleppe ein Tablett mit zwei Tassen und einem Berg von Schokocroissants in das winzige Kabuff, das an die Küche angrenzt und von dem niemand sonst zu wissen scheint, wozu man es benutzen soll.

Für Philipp und mich ist es das perfekte Frühstücksnest. Darin zu sitzen fühlt sich an, wie in einer Höhle aus zwei Decken, Wäscheklammern und Stühlen zu hocken, in die gerade zwei Leute und eine Schachtel Kekse passen. Darin flüstert man nur, ohne Grund, aber es gehört dazu.

Hier ist es so eng, dass niemand mehr hineinpasst, wenn sich zum Beispiel Angela, die Lebensgefährtin meines Papas, mit ihrem Ich-bin-rund-na-und-Body hineinzwängt. Zum Glück kommt sie nicht häufig.

Für mich und Philipp, der – O-Ton Opa Hinnerk – »im Kreuz breit ist wie ein Hering zwischen den Augen«, hat der Raum Idealmaße. Er bietet gerade Platz für einen schmalen Tisch und zwei Holzstühle vor dem Fenster, von dem aus man an den Ställen vorbei bis zur Bushaltestelle an der Straße schauen kann.

Ich öffne die Holztür zum Hinterhof, um die nach Kirschblüten duftende Maimorgenluft hereinzulassen, bevor ich mich Philipp gegenübersetze und nach einem Croissant greife.

»Ab heute Nachmittag ist hier also Party. Dann ist es vorbei mit der Ruhe, auf die du so abfährst«, sagt Philipp und wischt sich mit dem Handrücken den Kakao von den Lippen. Er ist im Stimmbruch. Wenn er einen Satz mit mehr als zehn Wörtern spricht, passiert es oft, dass die Satzmelodie in ein Kieksen ausreißt. Jedes Mal erschrecke ich dabei. Diesmal ist es gut gegangen.

»Na ja … abfahren ist übertrieben«, erwidere ich. »Ich bin gespannt auf die Typen und wie sie sich hier benehmen. Die Jungs aus Köln werden sicher den ganzen Tag trainieren. Und die Girlies aus St. Peter-Ording wollen den großen Aufenthaltsraum im Keller für ihre Proben in Beschlag nehmen. Am meisten bin ich auf die Typen aus der Bretagne gespannt. Mal schauen, wie weit ich mit meinem Französisch komme.«

In Philipps Blick blinkt ein großes Fragezeichen. »Du sprichst Französisch? Ich dachte, deine Spezialität sei Englisch? Langsam habe ich den Verdacht, du könntest dich bei ›Deutschlands klügste Kinder‹ bewerben.«

Ich grinse und schiebe die Brille – heute ist es die kreisrunde mit den blau getönten Gläsern – von der Nasenspitze zurück. »Hirni. Ich finde Sprachen nur total faszinierend. Und es fällt mir leicht, Vokabeln und Grammatik zu lernen. So, wie andere Leute sich die Sendetermine von GZSZ oder ›Mein Leben und ich‹ merken können.«

»Trotzdem, ich finde das ungewöhnlich«, beharrt Philipp.

Natürlich findet er das ungewöhnlich. Alle Leute finden das ungewöhnlich, und ich finde das hochblöd, dass sie es ungewöhnlich finden.

Ja, ich habe als Kleinkind die Diagnose »Hochbegabt« bekommen. Einen Stempel sozusagen, mitten auf die Stirn. Achtung – kluges Kind!

Ich weiß noch, wie ich an der Hand meiner Mutter von einem Kinderarzt zum nächsten gedackelt bin. »Das ist doch nicht normal, dass das Mädchen schon vor der Einschulung ganze Bücher liest. Und auch nicht, dass ich sie gestern erwischt habe, wie sie Mozarts Kleine Nachtmusik auf dem Klavier gespielt hat, ohne jemals eine Note gelesen zu haben!« Meine Mom ist ganz aus dem Häuschen gewesen und hat alles versucht, um sich von jemandem, der es wissen muss, bestätigen zu lassen, dass nichts an mir »normal« ist.

Ich sehe das aber total anders! Ich finde mich absolut normal. Ich verrate niemandem, dass es meiner Mom gelungen ist, nach tausend langwierigen Tests voller Fragen und eigenartiger Aufgaben mit bunten Klötzchen den Stempel »Hochbegabt« für mich einzuholen. Ich will damit echt nichts zu tun haben. Auch meinen Eltern habe ich das Versprechen abgenommen, meinen IQ niemals irgendwo herauszuposaunen.

Klar, Eltern sind hyperstolz auf Nachwuchs, dem

sie keine Nachhilfe finanzieren müssen, aber haben die eine Ahnung, wie Mitschüler darauf reagieren, wenn eine erst einmal als Megastreberin abgestempelt ist? Wenn überhaupt jemand mich ungewöhnlich finden soll, dann doch bitte nur, weil meine Brillensammlung mindestens so schrill ist wie die von Anastacia.

Elvis ist aufgewacht, und ich deute mit dem Kinn nach draußen, wo sich vom Stall her das Minipony mit dem schrägen Scheitel nähert. Die Hufe tockern auf dem Pflaster, die Tolle vibriert im Takt. Der ist ja so niedlich!

Als Elvis das Fenster erreicht, hebt er den Kopf, schiebt die Oberlippe zurück und schlägt mit dem Gebiss gegen die Scheibe. So geht das mit der Morgenmöhre, wie er herausgefunden hat. Ich lasse ihn nicht lange warten und bin in null Komma nichts durch die offene Hintertür auf dem Hof. Ich bücke mich, um seinen Hals zu umarmen und zu tätscheln, und halte ihm eine Saftkarotte vor das weiche Maul, die er sich malmend einverleibt.

»Du lebst hier echt wie eine Heidi fürs Flachland«, kommentiert Philipp. »Oder wie diese Kids in den alten schwedischen Schinken. Die haben auch immer Pferde, die auf der Veranda wohnen, und dicke Hunde, die sie aus brenzligen Situationen retten.«

Ich kichere. »Lass Smutje nur nicht hören, dass du ihn dick genannt hast, und gerettet hat er auch noch niemanden!« Eine Gedankenwelle überrollt mich und spült das Lachen weg. »Irgendwie kriege ich das selbst noch nicht auf die Reihe, dass sich mein Leben so komplett geändert hat. Vor ein paar Monaten musste ich mich morgens nach dem Knuspermüsli mit Mom in die Hamburger U-Bahn quetschen. Nun sitze ich nach einem Bad im Wildsee hier mit dir, füttere ein merkwürdiges Pony und warte auf eine alte Knatterkiste, die über die Dörfer brettert und Schüler einsammelt.« Ich sehe ihn an wie ein Orakel. »Was meinst du, Philipp, wenn es einen Wettbewerb gäbe … so was wie ›Teenager, die erfolgreich ihr Leben umkrempeln‹ … hätte ich die Chance auf einen Pokal?«

Er schiebt sich den letzten Rest des Blätterteighörnchens in den Mund, spült mit Kakao nach und grinst mich an. »Den musst du dir erst noch verdienen, schätze ich.«

Wo er recht hat, hat er recht. Ich bin ja selbst gespannt wie ein Flitzebogen, ob es eine gute Idee war, in die Villa Wildsee umzusiedeln.

Die peinlichste Begrüßung der Welt

»Du kannst dich aber auch anstellen!«, lärmt Vanessa und dreht mit Schwung eine Sitzpirouette auf meinem Scheibtischstuhl, während Wiebke im Kissenmeer auf dem Bett herumlungert und ich relaxed mit baumelnden Beinen in dem von der Holzdecke hängenden Korbstuhl hin- und herschwinge.

»Du willst dich nicht wirklich in die oberpeinliche Begrüßungsabordnung da unten einsortieren, oder?«, erwidere ich.

»Wo ist das Problem? Ist doch nur logisch, dass man die ersten Gäste des Hotels mit großem Geschrei empfängt. Die Jungs müssen gleich spüren, dass sie hier willkommen sind! Service ist das Zauberwort, Lilly!«, doziert Vanessa. Ob sie sich für eine Betriebswirtschaftsstudentin im zweiten Semester hält? Vanessa glaubt immer, sie wisse besser Bescheid über alles, was im Leben so abgeht, als Wiebke und ich. Sie wirkt ohnehin auf unbestimmbare Art erwachsener, obwohl sie notenmäßig in der Schule schlechter dasteht als wir anderen. Vielleicht hat sie irgendwas Besonderes, das man nicht mit dem schulischen Bewertungssystem messen kann. Ich bin noch nicht dahintergestiegen, was diesen klaren Vorteil bewirkt. Vorerst reicht es mir, dass Vanessa grundsätzlich okay ist. Unsere Dreierfreundschaft hat sich innerhalb der kurzen Zeit, seit ich in der Villa Wildsee lebe und die siebte Klasse des Kreisgymnasiums besuche, zu einer coolen Sache entwickelt. So ansatzweise kann man sich aufeinander verlassen, obwohl es den Härtetest – wie immer der auch aussehen mag – noch nicht gegeben hat.

»Reicht doch, wenn andere das machen«, murmelt Wiebke mit vollen Backen.

An diesem Nachmittag sollen die Kicker aus Köln eintreffen, alles obercoole Typen zwischen 13 und 16 Jahren, wie wir natürlich hoffen. Doch seit meine Familie vor dem Eingang in Stellung gegangen ist, versuche ich mit allen Mitteln meinen Freundinnen auszureden, sich zum Affen zu machen.

Ich schwinge mich aus dem Korb und trete an das Fenster, das zum Eingangsbereich der Villa geht. Von hier aus sieht man den gepflasterten Hof mit der uralten Kastanie in der Mitte, dahinter ein Stück Wiese und den Wildsee, der von dunkelgrünen Tannen umgeben ist und in den ein langer Holzsteg ragt. Rechts vom See führt die Hauptstraße entlang, von der aus man erst das nächste Dorf, später die Kreisstadt erreicht und – wenn man in die andere Richtung fährt – die Ostsee.

Von dem Reisebus ist noch nichts zu sehen, nicht einmal eine Staubwolke am Horizont, aber da unten stehen sie mit sperrangelweiten Herzen und geben sich größte Mühe, die uncoolsten Jugendhotelbetreiber aller Zeiten zu sein: Papa Frank in seiner ausgebeulten Cordhose, mit den Adidasschuhen und einer Strickjacke mit Norwegermuster über dem Jeanshemd. Von oben kann ich gut erkennen, dass seine Haare sich bereits weit zurückgezogen haben, um einer enorm hohen Stirn Platz zu machen. Gerade fischt er aus seiner Brusttasche wie ein Opa seine stinkende Pfeife heraus, aus der Hosentasche den Tabak und beginnt die umständliche Prozedur des Stopfens.

Angela – keiner, der mein Freund sein will, sollte es jemals wagen, sie meine »Stiefmutter« zu nennen – beobachtet ihn dabei mit besorgtem Blick. Sie sieht von oben aus wie ein großer runder lila Klecks mit Haaren, die von der gescheitelten grauen Mitte in künstliches Orange wuchern.

Neben diesem Dreamteam steht Opa Hinnerk, der sich nicht die Mühe gemacht hat, seine Schürze abzunehmen. Er hält die Hände auf dem Rücken verschränkt und wippt auf Fußspitzen und Fersen hin und her wie ein Feldkoch, der seine Gulaschkanone bewacht.

Als ich ihn – zugegebenermaßen etwas hinterhältig – gefragt habe, ob er nicht lieber ein Nickerchen halten möchte, anstatt die Begrüßungscrew zu verstärken, hat er nur geantwortet: »Wat mutt, dat mutt!« So isser, mein Opa. Ein Knuddeltyp.

Auf der Rundbank, die um die riesige Kastanie auf dem Vorplatz gezimmert ist, kauert Angelas ältester Sohn Ludger und bereitet sich mit einer afrikanischen Flöte darauf vor, kollektiven Brechreiz auszulösen. Ich kann den Seufzer, der hinaus will, nicht zurückhalten. Ob Vanessa annimmt, dies könnte sich auf einen der Kicker beziehen, die möglicherweise gerade gelandet sind? Jedenfalls ist sie mit einem Satz hinter mir und gräbt ihr Kinn in meine Schulter.

»Der Typ ist so dermaßen neben der Spur«, murmele ich und folge Vanessa, die sich enttäuscht neben Wiebke aufs Bett wirft.

»Du meinst Ludger?«, fragt Wiebke und beginnt an der Fernbedienung herumzufummeln, um irgendeinen Musiksender einzuschalten.

»Wen sonst? Alle Neunzehnjährigen sind endgeil, nur er läuft in Klamotten aus dem Rotkreuzsack herum, dudelt auf seinen mittelalterlichen Instrumenten und verdreht dabei die Augen, als habe er Kontakt ins Nirwana.«

Vanessa und Wiebke lachen.

»Er kommt eben ganz nach seiner Mutter«, meint Vanessa und fügt kichernd, aber nicht weniger gehässig hinzu: »Zur ausgleichenden Gerechtigkeit hat deine Stiefmutter ja Valentin mit in eure Patchworkfamilie gebracht.«

»Sie ist nicht meine Stiefmutter!«, zische ich und schaue mich um, womit ich nach Vanessa werfen kann. Weil ich nichts finde, was schwer genug wäre, lege ich das Gesicht in die Hände und stöhne durch die gespreizten Finger: »Was hätte alles aus mir werden können mit einem Daddy, der mich auch nur ein einziges Mal um einen Rat gebeten hätte! Schon als er dieser Frau das erste Mal begegnete ... Ich meine, guckt euch doch an, wie die herumläuft! Als hätte sie jemand in einen Timetunnel geworfen. Und dann dieser Nachwuchs! Die ticken doch beide nicht ganz richtig. Ludger ist eine Gestalt wie aus *Scary Movie,* und Valentin könnte man in sein Zimmer einsperren und ihm morgens und abends seine Mahlzeiten durch eine Klappe hineinschieben. Der würde noch nicht mal merken, dass man ihn eingebuchtet hat.«

Vanessa lacht herzlich, als halte sie mich für einen Stand-up-Comedian, aber Wiebke unterbricht sie. »Jetzt bist du ungerecht, Lilly«, sagt sie. »Seit wann beurteilst du Leute nach ihrem Aussehen?«

Die immer! »Ach, es ist doch nicht nur das Aussehen ...«, erwidere ich lahm. Wiebkes kleine Zurechtweisung pikst mich schon ein bisschen, aber gibt es einen Grund, das zuzugeben?

Mit Ludger habe ich, seit er sich in der Villa Wildsee eingenistet hat, nicht mehr als drei Sätze gesprochen, was daran liegt, dass ich keinen blassen Schimmer habe, worüber ich mich mit ihm unterhalten sollte. Nichts, was ihn interessiert, ist spannend. Er hat gerade sein Abi bestanden und weiß nichts Besseres mit sich anzufangen, als in der Villa Wildsee abzuhängen. Dass er sich in irgendeiner Form nützlich gemacht hätte, habe ich noch nicht erlebt.

Auch Valentin, der nur zwei Jahre älter ist als ich, gehe ich aus dem Weg, was – wie erwähnt – nicht schwer ist, da er meist vor seinem PC hockt.

»Ihr habt gut reden«, fahre ich fort. »Eure Familien gibt es noch, aber meine wurde einfach aufgelöst, nur weil zwei Menschen sich nicht mal mehr mit dem Hintern angucken. Keiner wollte je von mir wissen ...«

»Hey, ich glaube, sie kommen!« Vanessa springt auf, weil das dumpfe Tuckern eines Diesels in der Einfahrt laut wird. Ratzfatz ist sie am Fenster und schiebt die Gardine beiseite.

Wiebke quält ihre Pfunde aus meinem weichen Kuschelbett. Ich stecke die Hände in die Hosentaschen und folge Vanessa ohne Eile.

Die Türen des Reisebusses gleiten auf. Aus dem Bauch des Gefährts purzeln lachend und albernd wie frisch geschlüpft gleich mehrere Typen. Offenbar haben sie sich hinter der Tür gedrängelt.

Das kennen wir nur zu gut aus dem Schulbus. Es liegt Jungs in den Genen, im Bus zu rempeln und zu drängeln, zu knuffen und zu boxen. Jemand sollte sich mal die Mühe machen, mit versteckter Kamera morgens das Innenleben eines Schulbusses zu beobachten. Dort sieht jeder auf den ersten Blick, dass Jungs die stärkeren Ellenbogen als Mädchen haben und dass sie überhaupt keine Skrupel kennen, sie auch einzusetzen.

Wir recken die Köpfe und beobachten, wie mein Papa auf den Trainer an der Beifahrerseite des Busses mit ausgestreckter Hand zugeht. Was für ein Staatsakt!

Vanessa gibt merkwürdig rhythmische Geräusche beim Luftholen von sich. Wir schauen sie an, um an ihrer Blickrichtung zu erkennen, was die Schnappatmung ausgelöst hat. Es ist leicht herauszufinden: Der Typ, an dem ihr Blick pappt wie eine Fliege am Kleister, ist wirklich der süßeste Kicker, den man sich so ganz allgemein vorstellen kann. Schulterlange dunkelblonde Haare, das rote Trikot lässig über schwarzer Sporthose, die XXL-Tasche geschultert. Megacool.

Ich wechsele einen Blick mit Wiebke, dann schauen wir zu Vanessa, die immer noch aussieht wie ein Karpfen auf dem Trockenen. Ganz klar, was in den nächsten Wochen ihr Gesprächsthema sein wird. »Ist der niedlich!«, ruft sie, als sich ihr Atem normalisiert hat, ballt die Hände zu Fäusten und macht kleine Hüpfer auf der Stelle.

Aber es ist nicht Mr. Megacool, der in diesem Augenblick zu uns aufsieht, sondern ein Typ mit Pfannkuchengesicht und Besenborsten auf dem runden Schädel. Seine nach oben gebogenen Mundwinkel berühren fast die blonden Augenbrauen. Er rempelt seine Kumpel an, zeigt mit ausgestrecktem Arm und spitzem Zeigefinger zu uns hoch.

Wie abgeschossene Enten an einer Kirmesbude verschwinden wir, der Vorhang fällt, und das Gegröle von unten flattert zu uns. Allein die Hitze von meinen Wangen reicht aus, um die Temperatur im Raum um einige Grad zu erhöhen.

Da kauern wir nun peinlich berührt unter dem Fenstersims. »Denk dir schon mal ein paar gute Texte aus, wenn die uns bei der nächsten Gelegenheit blöd anmachen«, zische ich Vanessa zu, die natürlich an allem schuld ist. »Verdammte Scheiße.«

»Ach, entspann dich«, erwidert sie, immer noch im Hocken. »Die haben uns von da unten doch gar nicht genau gesehen. Bestimmt werden sie uns überhaupt nicht wiedererkennen.«

Morgens um sieben – Chaos hoch drei

Durch den Wald wirft die Sonne gelben Glitter auf die Wasseroberfläche des Wildsees. Manche Kiesel am Ufer funkeln wie Strasssteine. Im Schilf rascheln Wildgänse und Schwäne, als wollten sie sich erst aufbrezeln, bevor sie sich zeigen. Offensichtlich frei von Sorgen sehe ich Mama und Papa Ente an diesem frühen Maimorgen dahintreiben. Wie an einer Leine gezogen gleiten fünf Winzlinge hinterher.

Die Idylle erinnert mich an alte Naturfilme, die die dritten Programme nachmittags zeigen. Ich fühle mich ein bisschen wie die Praktikantin der Filmcrew, die auch mal ins Fernsehen möchte, als ich in meinem neonblauen Badeanzug und der passenden Schwimmbrille – gefolgt von Hofhund Smutje – in die Szene laufe. Hey, warum gibt es hier keine Kamera? Ich würde glatt hineinwinken und meine Familie grüßen. Haha.

Die Frösche beginnen zu maulen. Eine hysterische Rohrdommel schimpft. Die Enteneltern scheinen den Takt ihrer Schwimmschläge zu verdoppeln, um ihre Kleinen ins Ufergras zu führen. Hoppla, hier komme ich! Alarm!

Schon trampele ich auf dem Holzsteg – taramm-taramm-taramm – und stürze mich eine Sekunde später mit langem Kopfsprung ins Wasser.

»Los, Smutje, du Feigling! Spring!«, rufe ich. In gemäßigtem Tempo ist mir dieser große knuffige Hund, der vermutlich ein Kalb werden sollte, über den Bootssteg gefolgt und hält nun seine Schnauze ans Wasser, um ein bisschen zu schlabbern und sich den Respekt der kleineren Tiere zu sichern. Woher sollen die auch wissen, dass die Zeiten, als Smutje wie eine Fellkugel in die Fluten geschossen wäre, sobald er einen Breitmaulfrosch oder ein Blesshuhn gesichtet hätte, lange vorbei sind?

Ich kraule einmal bis in die Mitte des Sees und wieder zurück. Ah, was für ein tolles Gefühl! Die Kälte prickelt an meinem Körper, das Blut blubbert, das Herz arbeitet wie eine Hochdruckpumpe.

Ich lege mich auf den Rücken, blicke in den Himmel hinauf. Dort ziehen über den blassblauen Hintergrund weiße Wolkengebilde, die aussehen wie die Fantasietiere, die ich mir als Kind ausgedacht habe. Rüsseltiere mit Hasenohren und rosa Ferkelschwänzchen. Paarhufer mit Flügeln und Bambiaugen. Ich drehe mich wieder um, puste ins Wasser, dass es sprudelt, hole tief Luft und tauche bis zum Bootssteg, wo ich wieder hochkomme und mich mit den Armen abstütze, um mich an Land zu hieven.

Meine Haare fließen mir über die Schultern wie geschmolzenes Vanilleeis. Ich streiche sie mit beiden

Händen zurück, korrigiere den Sitz meines Badeanzugs an den Oberschenkeln und laufe dann mit langen Schritten zur Villa Wildsee. He, gebt mir eine Fackel! Ich fühle mich, als könnte ich an Olympia teilnehmen!

Mit heraushängender Zunge trabt Smutje, diese Schnarchnase, mir nach, zurück zur Villa, wo in der ersten Etage eine Balkontür geöffnet wird. Auch einer von den Kölner Typen gehört offenbar zu den Frühaufstehern und steht, nur mit weißem T-Shirt und karierten Boxershorts bekleidet, auf dem kleinen Balkon. Er reibt sich die Augen, als er mich in meinem knappen Outfit sieht, als halte er mich für eine Erscheinung. Was soll's? Keep smiling. Ich lächele zu ihm auf – manchmal soll Freundlichkeit ja entwaffnen –, hebe grüßend eine Hand und beeile mich dann doch, aus seinem Sichtbereich zu kommen. Auf dumme Kommentare habe ich nämlich überhaupt keinen Bock.

Vor wenigen Wochen hätte auch ich jemanden, der morgens um sechs in einen Teich hüpft, für durchgeknallt gehalten; ich hab den Kölner mit den großen runden Augen und den Stoppelhaaren – den Buddy von Mr. Megacool – nur kurz gesehen und nehme es ihm nicht wirklich übel, dass er geguckt hat, als befürchte er, in einem Irrenhaus gelandet zu sein.

Als ich noch in Hamburg gelebt habe, konnte ich doch nicht ahnen, dass ein morgendliches Bad in einem See ein echtes Event sein kann. Falls mir dort jemand den Vorschlag gemacht hätte, eine Stunde früher aus den Federn zu kriechen, um ein paar Runden zu schwimmen, hätte ich ihn für hirnrissig erklärt. Aber hier springe ich ohne Weckergebimmel um sechs aus der Kiste, obwohl der rappelvolle Schulbus erst um kurz vor acht an der Haltestelle »Villa Wildsee« stoppt.

Das zweite wichtige Ereignis an jedem Schultag ist normalerweise Philipps Besuch und das gemeinsame Frühstück, immer um sieben, das ich mir an diesem Morgen wohl an die Backe kleben kann, weil ich schon höre, wie einige Gäste die Treppen hinunterspringen, um an der noch verschlossenen Tür zum Speisesaal zu kratzen.

Also werfe ich mich schnell in meine Klamotten, wähle eine passende Brille aus meiner Sammlung, um die mich die halbe Schule beneidet, werfe den Ranzen in den Flur und häufe den Hofkatzen Whiskey, Pfote und Frisbee ihr Morgenmenü in die Schalen. Auch heute gibt es was von Kitekat: Rind in Tunke.

Warum kommt eigentlich niemals ein Katzenfutterhersteller auf die Idee, Maus oder Kanarienvogel in Soße anzubieten? Ich jedenfalls habe noch niemals gesehen, wie eine Katze eine Kuh reißt. Katzen gehören nicht zu den natürlichen Feinden von Rindern.

Die drei Miezen interessieren solche philosophischen Betrachtungen nicht, die umschnurren mich nur lieb und streichen um meine Beine, während ich die Fressnäpfe vor den Ställen fülle; doch wenig später, als mir die ersten Kicker in der Villa über den Weg laufen, ist Schluss mit der Schmusetour.

Vanessa hat sich getäuscht. Die Kirmes-Enten-Nummer ist der Running Gag in der Jungenmannschaft.

Gleich der erste Typ, dem ich begegne, drängt mir eines dieser extrem nulligen Gespräche auf.

»Hey, ich hab dich gestern am Fenster gesehen! Willst du ein Autogramm?« Er grinst breit, sodass sich die Sommersprossen auf seinen Wangen zu Strichen verziehen.

»Wenn ich Papier brauche, weil der Tisch wackelt, komme ich drauf zurück.« Das Honiglächeln gehört zu meinen leichtesten Übungen. Es sitzt in den Mundwinkeln und beansprucht lediglich die Muskeln um Kinn und Wangen. Ich wusche an der Dumpfbacke vorbei und schicke ihm über die Schulter ein noch entspannteres Grinsen.

Im Speisezimmer sind weder Geschirr noch Fressalien aufgebaut. Aus der Küche dringen unheilvoll das Stottern der Kaffeemaschine, atemloses Schnaufen und der Geruch nach angekokeltem Rührei. Opa trägt gerade einen gigantischen Stapel Teller aus einem Schrank auf eine Anrichte.

»Oh, shit«, rufe ich. »Hey, Opa, wo sind denn Papa und Angela? Warum helfen die dir nicht?«

»Die sparen ihre Kräfte wohl fürs Mittagessen und glauben, so ein Frühstück ist ein Klacks.«

Sofort sehe ich, was zu tun ist. Wie im Zeitraffer stelle ich die Tische im Speisesaal zu kleinen Gruppen zusammen, verteile Teller, platziere Körbe mit Besteck, Butterschalen, diverse Töpfchen mit Honig und Marmelade. Aufschnitt, Käse und Müsli werden später als Buffet angerichtet.

Emsig eile ich von der Küche in den Saal. Opa Hinnerks Lächeln hinter der Abzugshaube des Herds ist mir zunächst mal Dank genug. Hier werde ich gebraucht, und hier will ich sein, und wo die anderen Dampfnasen aus meiner Familie sind, kläre ich später! Aber so was von! Opa rührt Kakao, kocht Eier, schmeißt das Rührei in die Tonne, brutzelt Tomaten und Pilze, wendet Pfannkuchen – der gute alte Mann.

Es hat seinen Grund, dass die Villa Wildsee nicht einfach »Jugendherberge« heißt. Papa Frank hat es sich auf die Fahne geschrieben, den besten Service anzubieten, der bei Gruppenreisen möglich ist. Mein Papa war schon immer besser in der Theorie als in der Praxis. Wo ist der bloß? Warum hilft er nicht?

Freilich heißt das nicht, dass den Bengels Zucker in den Hintern geblasen wird, wie Opa Hinnerk seine Befürchtungen formuliert hat. Sie müssen zum Beispiel selbst dafür sorgen, dass ihre Zimmer aufgeräumt sind, und hinterhergewischt wird ihnen auch nicht, wenn sie mit dreckigen Schuhen durch die Flure stapfen. Aber die Verpflegung soll allererste Sahne sein.

Das erhoffen sich wohl auch die Jungs, die in diesem Moment den Speisesaal stürmen. Nur weil ich viel zu spät die Lage gepeilt habe und keine Zeit für alles hatte, sitzen nun ein paar der Typen an Tischen, die noch nicht komplett eingedeckt sind. Mir schwant Übles.

Ich versuche, das lautstarke Blöken zu ignorieren, während ich weiter Platzdeckchen und Geschirr verteile, aber als ein paar anfangen, wie bei einem Aufstand im Gefängnis rhythmisch mit dem Besteck auf die Tische zu hämmern, ist Schicht.

Ich blicke mich um und nehme dann vor einem der kackfrechen Typen die Position »Lilly lässt sich nicht verarschen« ein.

»Ich vermute, das kindische Geklappere soll eine Botschaft sein«, rufe ich wie eine Referendarin, die sich vor einer Klasse für Verhaltensgestörte Gehör verschaffen will. »Ich habe sie verstanden. Ihr könnt es nun wieder einstellen.«

In die daraufhin eintretende Stille im Saal ruft einer von der anderen Seite, indem er einen Arm hebt wie im Restaurant: »Fräulein, mein Kaffee ist zu dünn! Ich kann bis auf den Grund gucken!«

»Nimm beim nächsten Mal die richtige Kanne. In deiner war Wasser für Tee.«

Sie lachen. Gut. Dafür hat es gereicht. Gar nicht so leicht, sich als Einzelfrau in einem Jungennest Respekt zu verschaffen. Vor allem, wenn sie noch die Manieren haben, die man ihnen schon im Kindergarten durch Kuscheleckenverbot austreiben wollte.

Endlich sehe ich durch das Fenster Philipp eintrudeln. Ich stürze hinaus, um die Brötchen abzuholen.

Elvis lugt um die Ecke, aber weil der nicht motzen würde, sondern nur ans Fenster pochen, entscheide ich gnadenlos, dass er sich gedulden kann, bis die Kicker abgefüttert sind.

Als ich das erste Mal an diesem Chaosmorgen auf die Uhr schaue, ist es halb neun. Der Schulbus hat längst seine Runde beendet; wahrscheinlich zieht sich der Busfahrer gerade am Wendeplatz seine Frühstücksstullen rein.

Nachdem die Fußballer zum Marathon um den See aufgebrochen sind und ich Opa Hinnerk in einem Schlachtfeld aus Krümeln, Wurstpellen, verkleckertem Rübensaft und eingebutterten Messern zurücklassen muss, suche ich mit stapfenden Schritten und in die Hüften gestemmten Armen meinen Papa.

Ich finde ihn in seinem Büro, wo er in seinem Norwegerpulli, im Gesicht noch das Muster des Kopfkissens, die Belegungspläne der nächsten Wochen durchgeht.

»Papa! Hier bist du! Mann! Warum hilfst du nicht in der Küche?« Unfassbar. Aber so kenne ich ihn. Er meint es nicht böse, aber das ändert ja nichts. Nie ist er da, wo er gebraucht wird, und wenn er da ist, steht er im Weg herum. Ganz bestimmt habe ich ihn lieb bis zum Himmel und zurück, aber wie der es ohne die Frauen in seinem Leben geschafft hätte, ist mir schon immer ein Rätsel gewesen.

Wenn ich ihm das unter die Nase reibe, lacht er und nennt mich zärtlich »seine kleine Klugscheißerin«, und ich solle erst mal selbst was auf die Reihe bringen, bevor ich große Töne spucke. Aber so kennt man sie ja, die Erwachsenen. Immer ein Totschlagargument zur Hand, wenn es um das Wesentliche geht.

Er sieht auf mit dem verwirrten Blick, der zu ihm gehört wie die trabenden Elche auf seiner Brust. »Küche? Ich? Wieso?«

»Das schafft Opa da unten nicht allein! Und ich hab jetzt, weil ich ihm helfen musste, den Bus in die Schule verpasst! Kannst du mich fahren?«

Er macht ein großes Tamtam, wirft die Arme in die Luft, sortiert auf seinem Schreibtisch herum, sucht seine Brille, die er auf die Stirn geschoben hat, kriecht unter den Schreibtisch, weil ihm der Autoschlüssel gestern runtergefallen ist.

»Wenn das deine Mutter wüsste, dass du wegen der Villa die Schule schwänzt! Die macht mir die Hölle heiß!«

»Ich schwänze doch gar nicht!«, stelle ich klar. »Das war ein Notfall in der Küche. Und wenn du mich jetzt fährst, komme ich fast noch rechtzeitig zur zweiten Stunde. Und außerdem wäre das nicht passiert, wenn du und Angela in der Küche geholfen hättet. Oder Valentin mit Ludger. Wo treibt ihr euch eigentlich alle herum?«

»Opa hat gesagt, so ein paar Jungs abzufüttern, das

macht er mit links. Wer soll denn da auf die Idee kommen, dass er überfordert ist? Und vor allem: Was will er machen, wenn das Haus erst komplett belegt ist?«

Die letzte Frage bleibt wie ein Atompilz im Raum zurück, als Papa mich hinausschiebt und krachend die Tür zuschlägt.

Kurz darauf hocke ich mit dem Rucksack auf dem Beifahrersitz des Range Rovers. Als der Wagen startet, sehen wir einen Bus mit französischem Kennzeichen von der Landstraße in die Einfahrt einbiegen.

»Hey, das ist die Schulklasse aus der Bretagne! Die wollten doch erst heute Mittag eintrudeln!« Der Rover ruckelt, als Papa vor lauter Aufregung das Gaspedal mit der Bremse verwechselt.

»Sollen wir umkehren? Dann musst du mir aber morgen eine perfekte Entschuldigung mitgeben. Wir schreiben nämlich heute eine Deutscharbeit.«

»Nein, nein ... das wird schon gehen. Angela ist ja da. Die regelt das schon. Himmel hilf«, fügt er noch an, und weil ich ihn noch niemals eine höhere Macht als Angela anflehen gehört habe, scheint es sich wirklich um einen Ausnahmezustand für ihn zu handeln.

Ich verschränke die Arme vor der Brust und brüte die restliche Fahrt dumpf vor mich hin.

Wenn das so planlos weitergeht, sehe ich schwarz. Und was das Schlimmste ist: Ich bin den verbleibenden Vormittag über kaltgestellt und kann mich in der Schule abrackern!

In der Deutscharbeit sollen wir den Unterschied

zwischen einem Helden und einem Star aufzeigen. Ah, das kommt ja wie gerufen! Einen Helden könnte ich gerade gut gebrauchen, und einen Star gleich mit dazu. Ich wähle ein fiktives Beispiel von einem attraktiven jungen Typen in hautengem Anzug und mit Umhang, der fliegen, zaubern, die Welt retten und chaotische Jugendhotels vor dem Untergang bewahren kann.

An diesem denkwürdigen Freitag reiht sich – leider ohne die in den Himmel gereckte Faust eines Superhelden – ein Drama an das nächste. Nonstop-Improvisationstheater in der Klapsmühle.

Nach dem morgendlichen Katastrophenfrühstück bringen herumirrende Franzosen, die nicht wissen, welche Zimmer sie belegen sollen, Opa Hinnerk aus der Fassung. »Mon dieu« und »Putain, merde« und »J'ai ras le bol« erklingt es aus allen Zimmern und Fluren, und von Angela keine Spur.

Am Mittag brennen die Bratkartoffeln an, dann verwechselt Opa beim Puddingkochen den Zucker mit dem Salz, und alles scheint aus dem Ruder zu laufen. Ich bekomme zwar nur die Hälfte live mit, kann mir aber den Rest anhand vereinzelter Schimpftiraden und fliegender Satzfetzen zusammenreimen.

Der Gesamteindruck ist deprimierend: Niemand hat hier irgendwas im Griff, und nur Angelas nudeldicke Perserkatze Soraya, die auf einem weißen Spitzendeckchen auf dem Sims am Eingangsfenster sitzt, wirkt satt und amüsiert, während sie mal nach draußen, mal nach drinnen schaut und zu grinsen scheint.

Am späten Nachmittag treffen auch die Mädels aus St. Peter-Ording ein, pünktlich zwar, aber statt der gemeldeten zehn Mädchen, für die zwei Fünferräume gepasst hätten, sind es zwölf, sodass nun drei Viererräume gebraucht werden, die allerdings von den Fußballern bereits belegt sind.

Alle diskutieren hyperaktiv durcheinander, lachen und flirten, freunden sich inmitten der Streitereien an und spielen Nachlaufen durch die Flure, klatschen sich Handtücher um die Ohren und kicken Sportschuhe in Papierkörbe – in allen Räumen und Fluren des Hotels wuselt es wie in einem Ameisenhaufen, nur dass hier niemand weiß, wo er hinkrabbeln soll und wann es was zu essen gibt. Ich inzwischen auch nicht mehr.

Wer hat den Plan?

In meinem Kopf rauscht es wie eine Klospülung, als ich um neun am Abend im Wohnzimmer mit Papa, Angela, Opa Hinnerk, Ludger und Valentin zusammentreffe: Krisensitzung!

»Warum macht ihr so 'ne Welle?«, motzt Valentin herum, als hätte jemand ihn, der sowieso nichts blickt, gefragt. »Sind doch nun alle in den Kojen, wo sie hingehören!«

»Und du hast mal wieder den Knall nicht gehört!« Bei Valentin kenne ich kein Pardon. »Verbarrikadierst dich den ganzen Tag in deiner Hütte und lässt andere Leute schuften.«

»Ich bin ein Kind, ich darf nicht arbeiten.« Er lächelt mich an. Auf eine Erwiderung kann er lange warten.

»Ich denke, ich sollte morgen einen Aushang machen für meinen Qi-Gong-Kurs.« Ludger, dessen Stoffhosen so lavendelig sind wie die Blümchen auf der Bluse seiner Mutter, lässt den Blick in die nicht vorhandene Ferne schweifen. »Fernöstliche Entspannungstechniken sind genau das, was in diesem Durcheinander gebraucht wird.«

»Nix mit Ki-tschonk«, spricht Opa Hinnerk mir platt aus dem Herzen. »Holt man ein paar Leute mehr ins Haus, sonst laufe ich Amok!« In meinem Kopf setzt sich sofort die Maschinerie in Gang, die mich zuverlässig vor jeder ernsthaften Misere rettet: Kino im Kopf. Ich male mir aus, wie Opa mit dem Brotmesser und der Kochschürze durch die Gänge irrt, und könnte mich kringeln vor Lachen.

»Hihi«, macht Valentin und hält sich die Hand vor den Mund, als sei Kichern verboten. »Ich stelle mir gerade vor, wie du mit dem Brotmesser und deiner Kochschürze durch die Gänge irrst.«

Keiner lacht, und ich betrachte meine Fingernägel. Komisch, bei Valentin klingt das kein bisschen witzig.

Papa und Angela verfolgen die Auseinandersetzung schweigend. Wahrscheinlich ist Papa mit seinen Gedanken wieder zur Buchführung und Statistik abgedriftet, aber Angela stellt erneut klar, dass sie diejenige ist, die hier das Sagen hat, auch wenn Papa uns offiziell den Hoteldirektor gibt.

»Du hast recht, Opa, wir müssen noch Leute einstellen.« Sie sackt in sich zusammen, wodurch sich ihr großer weicher Busen in die lila Blümchendruckbluse zurückzieht und ihre runden Schultern nach vorne gleiten. »Aber wer hat schon Lust, so weit ab vom Schuss zu arbeiten? Und wo sollen wir auf die Schnelle jemanden finden, der zu uns passt?«

Ein kollektiver Seufzer erfüllt den Raum mit verbrauchtem Atem und klagendem Geräusch.

»Geben wir doch eine Anzeige auf«, schlage ich vor, obwohl ich sicher bin, dass wir niemals jemanden finden würden, der zu uns allen passt. Entweder gefällt er mir oder den anderen. Eine andere Möglichkeit gibt es eigentlich nicht.

»Oder ich schreibe einen Text für den JobScout im Internet!« Valentin ist wirklich ein echter Nerd. Ohne PC ist er eine Null. Mit PC allerdings auch. Manchmal kommt es mir so vor, als ob er selbst über Strom und Satellit läuft. Dann brauchte ich in solchen Momenten nur nach dem Schalter zu suchen.

»Wir sollten uns schon darauf verständigen, welche Aufgaben ein neuer Mitarbeiter hier haben würde«, meint Opa vernünftig.

»Wo habt ihr denn heute Schwachstellen entdeckt?«, versucht Papa sich einen Überblick zu verschaffen.

Opa winkt ab. »Frag lieber, wo wir keine entdeckt haben. Ich weiß jedenfalls, dass ich in der Küche mindestens jemanden brauche, der mir beim Kartoffelschälen und Tellerwaschen hilft. Die Deern«, damit meint Sweetest-Grandpa-of-the-World mich, »muss ja bis nachmittags in die Schule. Ohne sie hätte ich heute nicht gewusst, wie ich den ganzen Tüddelkram bewältigen soll. Ich muss zugeben: Ich habe mich da vorher verschätzt.«

Opa hat, als Papa ihm die Pläne für das Jugendhotel vorlegte, sofort gejubelt. Bevor er in Rente ging, hat er als Koch auf einem Containerschiff gearbeitet.

Wenn es nach ihm gegangen wäre, wäre er in diesem Job auch geblieben, bis sie ihn mit den Füßen zuerst von Bord getragen hätten. Aber es war nicht nach ihm gegangen, und weil er nicht wusste, was er mit all der freien Zeit anfangen sollte, war er einer der Ersten gewesen, die sich für die Villa Wildsee starkgemacht haben.

Ich stimme ihm nickend zu. »Ganz bestimmt! In der Küche wird jemand gebraucht, aber auch sonst sollte es so eine Art guten Geist des Hauses geben. Einen coolen Typen, eine junge Frau, die sicherstellt, dass auch alle in den richtigen Zimmern pennen, und die auch mal was sagt, wenn vermoderte Handtücher in den Duschräumen herumliegen. Irgendeine nette Person, die die Gäste an ihre guten Manieren erinnert. Oder ihnen welche eintrichtert.«

Angela nickt und legt mir eine Hand auf die Jeans. Ich starre darauf, als hätte sie ein heißes Bügeleisen auf dem Stoff platziert. Weil Angela das merkt, nimmt sie die Hand wieder weg. Ich gucke noch mal genau hin, ob sie nicht doch einen verbrannten Abdruck hinterlassen hat. »Du hast ganz recht, Lilly. Ich würde das ja gern übernehmen, aber der Einkauf und die Buchführung des Hotels nehmen unglaublich viel Zeit in Anspruch ...«

Und so soll das auch bleiben. Ich lege echt keinen gesteigerten Wert darauf, Angela tagtäglich mittendrin im Getümmel zu erleben.

»Die Frage ist«, beginnt Papa, »ob wir es uns leisten können, Vollzeitkräfte einzustellen. Der Belegungsplan bis August ist zwar voll, aber noch ist kein Geld auf die Geschäftskonten geflossen …«

Angela beendet die Diskussion. »Also, sind wir uns einig. Wir schreiben eine Anzeige, dass wir hier Leute zum Helfen brauchen, formulieren das ganz allgemein, und das Blatt hängen wir überall in der Gegend auf.« Sie blickt zu Papa, haucht ihm einen Kuss entgegen. »Die Kosten lass mal meine Sorgen sein. Ich habe da schon eine Idee!«

Mein Gott, wie kommt die Frau auf diese Zusammenfassung? Aber mir fehlt der Nerv, um mich mit ihr anzulegen. Und vom Prinzip her sind wir uns ja doch irgendwie einig: Hilfe wird gebraucht.

Ich seufze und lasse meine Gedanken wegfliegen. Ein Jahr ist es nun her, dass sich Papa gemeinsam mit Angela das Projekt Villa Wildsee ans Bein gebunden hat. Wie laut habe ich damals meine Vorbehalte herausposaunt, und wie recht hatte ich mit meiner Skepsis …

Nur ein aufgehübschtes Amtshaus?

Ich weiß noch, dass Papas Gesicht aufleuchtete wie eine flackernde Glühbirne kurz vor ihrem Ende, als er den Brief öffnete, in dem ihm mitgeteilt wurde, dass er das alte Amtshaus geerbt hat. Irgendeine Großtante, zu der es schon lange keinen Kontakt mehr gab, war gestorben. Papa war, wie ich es verstanden habe, der einzige Erbe weit und breit.

Ich muss zugeben, dass ich das kein bisschen aufregend fand. Was sollten wir schon mit einem solch baufälligen Gemäuer anfangen?

Und dann fuhren wir an meinem Papa-Wochenende zu fünft an den Wildsee. Mein spontaner Eindruck war: genial daneben!

Doch die anderen brachen in schrille Begeisterung aus. Papa, Angela, Ludger und Valentin bezeichneten Villa und Grundstück als »absolut ideal« und »voll krass«. Ich habe heute noch Angelas Schrei im Ohr: »Da lässt sich doch prima was draus machen!« Papa ging, sich nachdenklich mit dem Zeigefinger an die Lippen tippend, um das Gebäude herum, während Angela gleich das Innere besichtigte. Ohne darüber nachzudenken – damals wusste ich es auch noch nicht besser –, schloss ich mich Valentin und Ludger an, die zum See schlenderten. Einer der beiden sülzte: »Über diesem Ort schwebt ein inspirierender Geist!« Der andere erkundigte sich nuschelnd, ob ich wüsste, ob es hier DSL gäbe.

Ja. So sind meine Möchtegern-Stiefbrüder.

Und schließlich hörten wir, wie ein Fenster im oberen Stockwerk knarzend aufgerissen wurde, und Angela erstrahlte wie ein kitschiger Fensterschmuck. »Kinners, hier bleiben wir!«, rief sie uns zu, und da wusste ich: Es gibt kein Zurück mehr.

Selbstverständlich finde ich es im Grunde klasse, in einem Jugendhotel als Tochter des Chefs zu wohnen. Schon damals malte sich ein Teil von mir aus, wie abgefahren es sein würde, Kids aus der ganzen Welt kennenzulernen, Spaß zu haben mit Jungs und Mädchen, die ihre schönste Zeit des Jahres da verbringen, wo ich immer leben darf.

Das Problem für mich lag darin, dass von Anfang an klar war, dass ein gemeinsam betriebenes Jugendhotel mich noch fester mit der neuen Bagage zusammenschweißte. Es passte mir überhaupt nicht, dass es jetzt offiziell so aussah, als wären Angela, Ludger und Valentin Teil meines Lebens.

Außerdem war mein Vertrauen in Papas Organisationstalent praktisch nicht vorhanden. Der kann noch nicht mal einen Nagel gerade in die Wand schlagen – wie soll er da eine Ruine zu einer Luxusvilla aufmotzen?

Oder auch den ganzen Schriftkram, den er dafür führen muss. Schon als Grundschülerin habe ich es jahrelang miterlebt, dass Mama immer besser wusste, wo sich der Steuerbescheid vom letzten Jahr befand, oder dass sie drei Monate alte Abholzettel von der Reinigung in seiner Jackentasche fand. Wegen solcher Dinge haben sich meine Eltern oft gefetzt, was mir damals echt Angst gemacht hat. Heute allerdings finde ich, dass das doch alles keine Gründe sind, sich scheiden zu lassen. Deswegen lässt man doch nicht das eigene Kind im Regen stehen!

Meine Eltern sehen das leider etwas anders. Klar, Mom hat schon recht, wenn sie mir erzählt, ich sollte es irgendwie lockerer nehmen. Angela hat tatsächlich eine bessere Art, mit Papas Schusseligkeit umzugehen als meine kluge Mama. Angela sieht, wenn sie meinen Papa anschaut, immer aus, als unterdrücke sie mühsam ein »Wie süß!«.

So auch, als er damals seine Inspektion rund um das Haus abgeschlossen hatte, sich zufrieden Notizen machte und mit spitzem Bleistift eine kleine sorgfältige Zeichnung vom Grundriss des Gebäudes anfertigte.

Angela eilte zu ihm, legte den Arm um ihn und schaute ihm über die Schulter mit diesem gruseligen Wie-süß-Ausdruck.

Das ist so ziemlich genau vor einem Jahr gewesen.

Niemals im Verlauf der Entstehungsphase habe

ich auch nur einen Funken Vertrauen in das Projekt »Villa Wildsee« gehabt.

Einer der dicksten Brocken, die dem ehrgeizigen Plan im Weg lagen, präsentierte sich als komischer alter Kauz, der in der Nachbarschaft haust. Er trägt den bemerkenswerten Namen Magnus Lamentus. Welche Eltern tun einem Kind diesen Namen an? Daraus kann ja nichts Vernünftiges werden. Magnus Lamentus ist wahrscheinlich so alt, dass er sich gar nicht mehr daran erinnert, wie es ist, Kind zu sein. Von Anfang an wütete er dagegen an, dass in seiner unmittelbaren Nachbarschaft unser Jugendhotel entstehen sollte.

Ich habe den Typen nur einmal gesehen, als er um das Hotel herumschlich und mit seinem Krückstock gegen die Mauern klopfte, als könnte er es damit zum Einsturz bringen. Seitdem verfolgt er mich, bucklig und mit einem Gesicht wie ein Geier, in meinen Albträumen. Er soll angeblich nur wenige hundert Meter von der Villa entfernt wohnen, aber seine Hütte habe ich noch nicht entdeckt.

Lamentus hat Papa und Angela ganz schön eingeheizt und ständig irgendwelche Erlasse und Verfügungen geschickt, die verhindern sollten, dass sie diese oder jene Umbauarbeiten an dem Hotel durchführten.

Am Ende hat dem Waldschrat das alles nichts genützt. Er wird sich nun mit unserer Sippe und den Kids aus aller Welt arrangieren müssen, aber manchmal denke ich, der Typ ist stur wie ein Esel, der wird sein Lebtag versuchen, uns ans Bein zu pinkeln.

Dass es Papa und Angela, mächtig unterstützt von Opa Hinnerk mit seinen schwieligen Pranken und seinem kristallklaren Verstand, am Ende doch geschafft haben, dass sie mit Sack und Pack in die rundum renovierte und aufgehübschte Villa übersiedeln konnten, finde ich unfassbar. Obwohl ich vielleicht einfach Opa Hinnerk hätte vertrauen sollen, der mich während der Renovierungszeit einige Male in den Arm genommen hat. »Das wird schon, min Deern. Lütt bi lütt. Lass das man die Alten machen.«

In den Monaten, seit wir in der Villa Wildsee wohnen, ist so viel passiert, dass ich überhaupt keine Zeit hatte, darüber nachzudenken, ob ich vielleicht doch lieber in Hamburg bei meiner Mom bleiben wollte.

Eigentlich hatte es mir gefallen, mit ihr in dem Penthouse in der Nähe der St.-Pauli-Landungsbrücken zu wohnen, aber meine Eltern kasperten in geheimen Sitzungen aus, dass ich es auf dem Land mit all den »netten jungen Leuten aus der ganzen Welt« besser haben könnte, dass es meine »Entwicklung« unterstützen könnte, und da ich ja sowieso die ersten Jahre bei Mama verbracht hatte, sei nun mal Papa dran, sich Tag für Tag mit mir abzuplagen.

Obwohl sie sich Mühe gaben, mir den Eindruck zu vermitteln, als würden sie mich an der Entscheidung beteiligen, war es am Ende doch so, dass sie sich nach Erwachsenenart abgesprochen hatten und mich quasi dahin schubsten, wo sie mich haben wollten. Ich wusste auch nicht wirklich, was ich dagegen sagen sollte, in die Villa Wildsee zu ziehen, und so siedelte ich mit meinem Hängesessel und meiner Geige, meinem Laptop und meiner Brillensammlung um und versuche nun seit geraumer Zeit, meinen Beitrag zum Gelingen des schrägen Projekts zu leisten.

Eine Zuflucht für Elvis

Eines der wichtigsten Ereignisse in den ersten Wochen und Monaten ohne Gäste war die Ankunft von Elvis.

Ich war mit meinem Papa in der Kreisstadt, um nach Händlern zu suchen, die uns mit allem, was man in der Küche so braucht, beliefern konnten.

Während Papa mit dem örtlichen Metzger verhackstückte, wie viele Portionen Fleisch wir in den nächsten Monaten brauchen würden, wartete ich draußen, weil ich den Geruch von rohen Schnitzeln nicht ertragen kann. Ich schlenderte zum gegenüberliegenden Gebäude, an das eine Wiese grenzte, und entdeckte dort das Zwergpony, das unablässig Gräser zupfte und malmte, während ihm die Mähne über ein Auge fiel.

»Na, du bist ja ein Schöner! Komm mal her«, sprach ich das Pony an und riss ein paar extra lange Gräser vom Rand ab, um das Tier anzulocken.

Elvis hob den Kopf, schüttelte ihn, wie um das Auge von dem Haar zu befreien, und marschierte dann tatsächlich auf mich zu. Ich reichte ihm das frische Grün und streichelte das weiche blonde Haar. Seine Augen waren groß und braun und zu meinem Entsetzen entdeckte ich darin eine große Angst. Wie kam das denn? Ich hatte keine Erklärung, warum sich ein Pony hier fürchten sollte. Ich flüsterte ihm was Liebes ins Ohr, tätschelte seine Seite, umarmte den Hals.

Als Elvis schnaufte, klang es für mich wie ein Schluchzen. Was war denn nur mit diesem hübschen Pony los?

Auf dem Rückweg erfuhr ich es von Papa, dem der Metzger die Geschichte erzählt hatte: Elvis hatte einer alten Dame gehört, die gestorben war. Und weil sich kein Käufer fand und keiner für ihn aufkommen wollte, sollte er nun kurzerhand geschlachtet werden.

Rotz und Wasser habe ich da geweint, und am Ende waren es Angela und Opa Hinnerk, die zu mir hielten und gegen Papas Willen – »Wir sind doch kein Hotel für Vierbeiner!« – das Zwergpony auf den Hof holten. Papa fand ja, es reichte, dass Opa Hinnerk Smutje mitgebracht hatte, der in Hundejahren genauso alt wie sein Besitzer war. Letztendlich versprach ich, mich ganz allein um Elvis zu kümmern, Papa würde gar nicht merken, dass er da sei.

Kurz darauf nahm ich auch noch Whiskey, Pfote und Frisbee in meine Obhut, aber das ging ohne große Diskussionen. Sie waren auf dem Hof geboren worden, und ich weiß noch, wie stolz die würdevolle dreifarbige Mutterkatze ihren Nachwuchs präsentierte, als sie alt genug waren, um mit hochgereckten Schwänzchen und staksigen Beinen ihren ersten

Spaziergang zu unternehmen. Die Villa Wildsee war das Zuhause der Miezen. Wer brächte es übers Herz, sie zu vertreiben? Vor allem, weil die Mutterkatze eines Tages von der Mäusejagd einfach nicht mehr heimkehrte. Sie verschwand spurlos.

Während der Renovierungsarbeiten hockte ich oft im Stall, spielte mit den drei Waisenkatzen, tröstete sie und wartete gemeinsam mit ihnen, dass die Mutter zurückkehren würde. Aber das tat sie nicht.

Manchmal, wenn ich mit meinem Papa im Range Rover durch die Gegend fahre, sehe ich am Straßenrand ein totgefahrenes Tier, ein Bündel aus Fell und Blut mit schrägem Kopf. Dann kommen mir die Tränen, aber ich rede mir ein, dass die Mutterkatze bestimmt ein neues Zuhause gefunden hat, und ihre Babys weiß sie ja in guten Händen. Vielleicht lebt die Mama von Whiskey, Pfote und Frisbee so vornehm wie Soraya, Angelas Edelkatze, deren Futter mit Petersilie verziert serviert wird und deren praller Pelz täglich gestriegelt wird. Aber bestimmt ist sie dabei nicht so versnobt wie Soraya.

Gegen Whiskey, Pfote und Frisbee hat fast niemand etwas einzuwenden. Sie halten, wenn man sie nicht so oft füttert, dass sie träge werden, den Hof mäusefrei. Nur Opa Hinnerk hat darum gebeten, dass diese drei Miezies nicht auch noch ins Haus gelassen werden. Er bekommt schon allergische Niesanfälle wie kleine Explosionen, wenn er Soraya nur von Weitem sieht.

Stempelkuss mit Publikum

»Ich könnte eine Excel-Tabelle anlegen, in der wir auflisten, wer wann bei welchen Aufgaben hilft«, schlägt Valentin nach der Krisensitzung vor, als er neben mir zu seinem Zimmer geht.

Ich kann es nicht erklären, aber ich fühle mich gleich wieder blöd angemacht, obwohl es ja beim genaueren Hinhören nicht wirklich ein blödes Anmachen ist, aber echt, ich kriege einen dicken Hals, wenn mein Quasi-Stiefbruder mich anlabert.

»Mach das«, quetsche ich heraus und verkneife mir das »Hirni«.

»Willst du mir dabei helfen? Ich zeige dir gern, wie das funktioniert. Ist echt simpel.«

Jetzt wird es mir aber doch zu albern. Ich wende mich ihm zu, stemme die Hände in die Hüften. »Steht auf meiner Stirn: Texte mich zu? Was hab ich mit deinen Klugscheißertabellen zu tun? Ich geh lieber Opa in der Küche beim Abwasch helfen.«

Ja, ja – ich weiß, dass ich ungerecht bin. Aber wo steht geschrieben, dass dreizehnjährige Mädchen zu jedem Idioten nett sein müssen?

Als wir sein Zimmer erreichen und ich ohne zu

stoppen zu meinem eigenen weitermarschiere, ruft Valentin mir nach: »Ich verstehe gar nicht, warum du mich nicht leiden kannst. Was hab ich dir denn bloß getan?«

Was du getan hast?, geht es mir durch den Kopf. Du bist in mein Leben gestolpert als der peinlichste, stoffeligste Stiefbruder, den man sich vorstellen kann. Keiner hat mich gefragt, ob ich damit einverstanden bin, dass ich mich während meiner Teenagerjahre mit einem Typen wie dir rumärgern muss.

Und hier ist der Beweis, dass ich auch nett sein kann: Ich schweige nämlich und lasse nicht heraus, was mir durch den Kopf geht.

Später am Abend kommt Philipp noch mal vorbei. Juchhu! Ich sehe ihn durch das Küchenfenster, als ich Opa helfe, die Küche aufzuräumen, und gebe ihm Zeichen, dass er hereinkommen soll. Opa sieht mein Gehampel. »Na, Kind, dann lauf mal schnell zu deinem Kavalier«, sagt er mit einem lieben Lächeln, und für dieses urkomische Wort nehme ich ihn einmal kurz in den Arm.

Dann binde ich das Küchentuch ab, das ich mir vorne in die Shorts gesteckt habe. »Du kannst mir den Abwasch auch stehen lassen, ich erledige das dann später.«

»Geh du mal, ich schaffe das schon. Nimm nur Smutje mit, den faulen Herumlungerer, falls ihr spazieren geht. Bisschen Bewegung tut seinen alten Knochen gut.«

Ich mag meinen Opa so sehr. Er ist so entspannt und steht über den Dingen. Ganz anders als sein Sohn, der mein Papa ist.

Kurz darauf bin ich draußen bei Philipp, der gegen sein Fahrrad lehnt. Smutje trottet heran, bellt einmal freudig und hockt sich dann neben uns, um mit runden Braunaugen von einem zum anderen zu gucken.

»Sollen wir noch 'ne Runde durch den Wald?«, fragt Philipp.

»Du meinst joggen? Jetzt noch? Ich bin den ganzen Tag auf den Beinen, mir rauchen die Socken.«

»Nee, nicht joggen. Lass uns ein Stück weit die Gegend hier erkunden.«

Tja, warum eigentlich nicht? Ich hebe einen Stock auf und werfe ihn, um Smutje in Wallung zu bringen. Gemütlich trabt er dem Ast hinterher, beschnüffelt ihn und passt sich dann wieder dem Tempo unserer Menschenbeine an.

Irgendwann kommen wir bei einer Lichtung an, die ich noch nicht kenne. Am Rand steht ein Hochsitz, der vielversprechend aussieht.

Eine Leiter, an der bereits einige Sprossen fehlen, führt zu einer kleinen Bretterbude hoch, von der aus man sicher die Gegend überblicken kann.

Ich steige sportlich voran, Philipp folgt mir nicht weniger geschickt.

Smutje weise ich an, unten an der Leiter zu warten und sich nicht von der Stelle zu rühren. Smutje kennt zwar keine Hundeschule aus der Nähe, aber manchmal, vor allem, wenn ich sehr streng mit ihm rede, gehorcht er.

Ich finde es überraschenderweise angenehm, hier oben mit Philipp zu sitzen. Es stört auch nicht weiter, dass sich unsere Beine und Schultern berühren. Im Gegenteil. Es ist kuschelig. Bevor ich Philipp kennengelernt habe, hätte ich nie geglaubt, dass es schön sein kann, einem Jungen so nah zu sein. Aber mit Verliebtsein hat das freilich überhaupt nichts zu tun! Vielleicht sehe ich in Philipp eine Art Zwillingsbruder? Was für eine himmlische Vorstellung, dass nicht Valentin, sondern Philipp auf einmal zu meiner Familie gehört hätte. Wie viel Spaß hätten wir haben können.

Obwohl ich ja genau genommen noch gar nicht viel über ihn weiß. Wir kennen uns erst seit etwas mehr als einem Monat, aber es war vom ersten Tag an so, dass wir einen Draht zueinander hatten. Zufallstreffer – passt!

»Was willst du später mal machen?«, frage ich und greife nach einem Streifen Kaugummi, als Philipp mir ein aufgerissenes Päckchen hinhält.

Es wird langsam dämmerig im Wald. Nur der See schillert hell zwischen den Bäumen.

»Ich glaube, ich habe keine Wahl«, sagt Philipp und seufzt, während er sein Wrigley's auswickelt und in den Mund steckt. »Meine Eltern möchten, dass ich die Bäckerei übernehme. Wer sollte das auch sonst tun? Das ist seit Generationen so bei uns. Mein

Vater hat das Geschäft von seinem Vater übernommen und der von seinem. Der Laden gehört in das Dorf wie die Kirche und der Marktplatz.«

»Du klingst ja nicht gerade begeistert.«

»Wärst du begeistert, wenn deine Eltern dir vorschreiben, wie später dein Leben aussehen soll?«

»Na ja, wir können das Skript sowieso nicht ändern. Ich bin auch nicht happy, dass meine Eltern sich getrennt haben. Es war eigentlich immer ganz schön in Hamburg. Ich hab irgendwie nie gedacht, dass meine Eltern Einzelwesen sind. Hab sie immer nur zu zweit gesehen. Wenn mich jemand gefragt hätte, hätte ich sie mit beiden Armen fest zusammengehalten, damit unsere Familie nur nicht auseinanderbricht.«

Philipp legt den Arm um mich, zieht mich noch näher an sich. Huch! Ich rutsche ein Stück von ihm weg. Zu nah ist auch wieder nicht gut. Wer weiß, auf was für Ideen er sonst noch kommt.

»Meine Eltern fetzen sich oft«, sagt Philipp. »Ich hab schon mal gedacht, warum trennen die sich nicht, wenn sie sich so auf den Keks gehen? Mir wäre es egal. Vielleicht kommt dann auch einer auf die Idee, die Bäckerei zu verkaufen, und ich hätte sie von der Backe.«

Ich mustere ihn von der Seite. Er hat so ein hübsches Profil. Die dichten blonden Haare könnten einen Schnitt gebrauchen. »Was willst du denn machen, wenn du nicht Bäcker wirst?«

»Trickfilmer.«

»Wie?«

»Ich möchte Trickfilme drehen. Entweder Zeichentrickfilme oder mit dem Computer animierte. Oder mit Knetmännchen. Hast du sicher schon mal gesehen. So was wie Wallace & Gromit.«

»Wow. So was könntest du?«

Er lacht. »Nee, natürlich noch nicht. Aber es würde mir Spaß machen, es zu lernen.«

»Wir könnten zusammenarbeiten. Ich schreibe das Drehbuch, du zeichnest die Figuren, und dann filmen wir das zusammen.«

Wieder seufzt er. »Wird ja eh nichts. Ist halt nur so ein Traum. Vielleicht mache ich irgendwann einmal, wenn ich hinter der Ladentheke nichts zu tun habe, einen Film über den Krieg der Brötchen gegen die Hefeteilchen.«

Wenig später empfängt uns die Villa mit warmem gelbem Schein, der aus einigen Fenstern auf den Vorplatz fällt. Inzwischen ist die Sonne untergegangen. Der Bereich vor der Eingangstür ist von einer hohen Lampe hell erleuchtet.

Smutje trollt sich zu den Ställen. Von dem kurzen Ausflug ist er total platt.

Vor dem Fenster neben der Eingangstür hocken Whiskey und Pfote. Sie starren mit gelben Augen hoch zu Soraya, die drinnen im Warmen sitzt und in ihrem kostbaren Fell hochmütig hinausschaut. Als sie sich über das Mäulchen leckt, um letzte Tropfen der Sahne zu finden, die Angela ihr sicher gerade kredenzt hat, sieht es eindeutig so aus, als würde sie den beiden Hofkatzen draußen die Zunge herausstrecken. Na, heute schon eine schmutzige Maus gefangen?, scheint ihr Blick hämisch zu fragen. Und tatsächlich macht Whiskey einen Buckel und faucht.

Wir gehen zu ihnen, setzen uns auf die Treppe vor dem Eingang und nehmen jeder eine Katze auf den Arm, was sie sich wohlig schnurrend gefallen lassen.

Soraya drinnen verengt die Augen zu schmalen Schlitzen, während sie das Schmuse-Idyll missgünstig beobachtet.

Pfote springt von meiner Schulter, weil er wohl eine Maus in der Nähe der Kastanie gesichtet hat, Whiskey hechtet ihm nach.

Dann verabschiedet sich Philipp, und plötzlich ist sein Gesicht meinem ganz nah.

»Bis morgen dann«, sagt er und kommt noch ein bisschen näher. Na, der will mich doch nicht wirklich küssen? Mein Herz klopft schon wieder schneller. Wahrscheinlich aus Angst. Ich sehe, wie er die Lippen ganz leicht spitzt, und weil es wirklich keinen Grund gibt, etwas anderes zu tun, spitze ich meine Lippen auch und drücke ihm einen kleinen Stempelkuss auf, wie das Geschwister tun würden.

»Tschüss. Bis morgen.«

Über uns setzt Applaus ein.

Wir starren uns an, dann gehen unsere Blicke nach

oben zu dem Fenster in dem dritten Stock, wo nun drei Typen toben wie auf einem Rockkonzert.

Philipp lässt das völlig kalt, er grinst und hat auch noch die Frechheit, unsere Fangemeinde mit würdevoll erhobener Hand wie der Papst zu grüßen, bevor er sich auf sein Fahrrad schwingt. Noch einmal grinst er mich an, dann tritt er in die Pedale.

Ich spüre, wie meine Wangen heiß werden. Es ist eine Sache, sich einen Freundschaftskuss zu geben. Eine ganz andere ist es, dabei beobachtet zu werden.

Was die sich jetzt wohl wieder denken! Kann ja nur das Falsche sein.

Flirtalarm am Wildsee

In der Schule habe ich mich mächtig ins Zeug gelegt, Wiebke und vor allem Vanessa davon zu überzeugen, dass sie am Freitag nur nutzlos im Weg herumstehen würden, aber für das Wochenende konnte ich die beiden nicht mehr abwimmeln.

Vanessa fiebert ihrer Begegnung mit dem süßen Kicker entgegen.

Gelegenheit, ihn in ihr Netz zu locken, hat sie, als wir am späten Samstagnachmittag in Bikinis auf dem Steg sitzen und die noch quarkbleichen Beine ins Wasser hängen lassen.

Die Jungs kommen mit Fahrrädern vom Training in der Sporthalle im Dorf. Als sie uns drei Grazien am See erblicken, ist die Freude groß.

»Hey, kann man schon baden oder friert man sich was ab?«, ruft uns einer zu.

»Versuch macht kluch!«, gibt Vanessa zurück.

Die Kicker verschwinden im Hotel und kehren in Rekordzeit in Badehosen wieder zurück, die Handtücher über die Schultern gelegt.

Vorsichtshalber verlassen wir drei in stillem Einvernehmen den Steg – mit dreizehn weiß man, was einem blüht, wenn man beim Auftauchen einer Jungenhorde zu nah am Wasser sitzt – und machen es uns am sicheren Ufer auf den Decken bequem.

Dann bleibt uns erst mal die Spucke weg. Zum Glück habe ich vorher noch schnell die zum Bikini passende rot getönte Brille aufgesetzt.

So viele halbnackte Jungen auf einem Haufen habe ich nicht mehr gesehen, seit im letzten Halbjahr der Schwimmunterricht aufhörte – und die Hungerhaken aus meiner Klasse in Hamburg waren damals von uns Mädels kaum zu unterscheiden, außer dass die Schwimmbekleidung aus weniger Stoff bestand.

Wir verschieben alle Versuche, unbeteiligt und desinteressiert zu erscheinen, auf später und starren hellwach wie Leuchtanzeigen.

Magere, schlaksige Jungenkörper mit knochigen Schultern und hervortretenden Schulterblättern, wackelnde Speckbäuche mit kleinem Jungenbusen darüber, sonnenbraune und rosafarbene, sportliche, zierliche und kräftige Figuren. Manche Jungs sind wohl so alt wie wir, einige haben auch noch die Hungerhakenaura um sich, aber viele wirken mit den Muskeln an Bauch und Oberarmen und den v-förmigen Oberkörpern älter.

Es dauert keine fünf Minuten, da sitzt einer, der sich als Marvin vorstellt –, v-förmig auch schon mit angewinkelten Beinen und klatschnasser Badehose neben uns. Mr. Megacool!

In seinem Gefolge hockt sich ein Malte – o-förmig

– dazu, während die anderen Jungs im Wasser toben und tauchen und dem bislang von der Zivilisation verschonten Getier ringsum den Eindruck vermitteln, das Ende der Welt sei gekommen.

»Was geht?« Marvin grinst uns an, sein Blick bleibt an Vanessa hängen, die die Schultern strafft und ihren Minibusen vorschiebt.

»Habt ihr eigentlich jeden Tag Training?«, frage ich, weil es mich wirklich interessiert und weil ich hoffe, dass er dadurch vergisst, mich auf die Szene mit Philipp anzusprechen, deren Zeuge er am Abend zuvor geworden ist. Wahrscheinlich mache ich keine gute Figur, wenn er das Thema darauf bringt.

»Klar. Muss sein. Ich will mal Profispieler werden«, erklärt Marvin. »Und er hier«, er nickt in Richtung Malte, »weiß noch nicht, ob er Torwart bleiben oder doch lieber Sumoringer werden soll.«

Wir lachen den Dicken herzlich aus – ich zugegebenermaßen besonders laut. Lieber einen anderen auslachen als selbst zur Zielscheibe werden, oder?

Malte lacht überraschend mit, boxt seinem Kumpel dann aber auf den Arm. »Immerhin habe ich in der letzten Saison nur zwei Tore kassiert. Und eines davon war ein Eigentor, zu dem du die denkwürdige Vorlage geliefert hast«, verteidigt er sich grinsend.

Wow, gut gekontert. Ich mustere Malte nun genauer. Aus der Nähe ist er nicht mehr nur einfach ein Junge mit zu viel Gewicht. Er hat was Schlaues in den Augen. Ich lächele ihn an, er lächelt zurück.

»Und was macht ihr so den ganzen Tag hier?« Malte spricht zu allen, blickt dabei aber Wiebke an.

»Och, wir hängen hier rum und helfen Lilly, wenn es ihr zu viel wird mit den Gästen«, sagt Wiebke unverbindlich und guckt zum See.

»Das sieht man!«, ruft Marvin und lacht meckernd. »So möchte ich auch mal arbeiten.«

Der hat gut reden! »Ich bin die Tochter des Chefs und muss natürlich hier mit anpacken. Aber mit der Peitsche lasse ich mich auch nicht antreiben.«

»Hat man gemerkt, vorgestern beim Frühstück«, meint Malte. »Du bist ja völlig im Dreieck getitscht.«

»Morgen mache ich das dann schon wie ein Profi«, erwidere ich, aber der Typ hört gar nicht zu, sondern macht schon wieder Glubschaugen in Wiebkes Richtung.

Ich stupse Vanessa an, um sie auf diesen wunderbaren Moment in Wiebkes Leben aufmerksam zu machen, aber die ist gerade auch nicht ansprechbar. Über ihrem Kopf scheint wie in einem Comic eine Wolke aus lauter rosa Herzchen zu schweben, während sie Marvin anklimpert.

Manchmal überlegte ich, ob ich die einzige Normale unter Durchgeknallten bin. Oder bin ich vielleicht diejenige, die irgendwie anders tickt?

Ich meine, wir haben uns doch voll normal unterhalten, keiner hat geflirtet. Und wenn, dann ist es an mir vorbeigerauscht. Wie kommen die jetzt alle dazu, sich anzuhimmeln? Mir ist das jedenfalls zu öde.

Mein »Tschüssi!« hört keiner, es reagiert auch keiner, und mir geht es auch am Popo vorbei. Die sind mir einfach zu langweilig, wie sie sich angeiern und Geheimbotschaften über Blicke austauschen. Warum können wir nicht einfach zusammensitzen, lachen und albern und erfahren, was so in Köln abgeht?

Weil die Sonne so heiß ist, dass man auf meinen Schultern ein Spiegelei braten könnte, will ich mich im See ein bisschen abkühlen. Brille runter und rein ins Wasser.

Und das ist die beste Entscheidung an diesem Nachmittag!

Die Franzosen sind voll gut drauf, haben eines der drei Ruderboote geentert und es in die Mitte des Sees gebracht, wo sie sich aufrecht in den Bootsrumpf stellen und sich gegenseitig ins Wasser schubsen. Nix wie hin!

Ich kraule auf die anderen zu. Einer, der sich als Pierre vorstellt, zieht mich freundlich ins Boot, nur damit mich der Nächste – André – wieder reinschubsen kann, aber weil ich damit natürlich gerechnet habe, reiße ich ihn gleich mit ins Wasser, und schon ist die schönste Rangelei im Gange. Das ist doch mal ein cooler Samstagnachmittag!

Was ist dagegen schon aufregend an dem verliebten Starren und Tuscheln meiner weggetretenen Freundinnen?

Piratenbräute und Moppel unter sich

Auf die Anzeige, die Angela gleich am nächsten Tag an Bushaltestellen und Ladentüren im Dorf aushängt, melden sich zwei sehr gewöhnungsbedürftige Menschen. Als hätte ich das nicht geahnt!

Der erste ist Heinz Hecke, ein Rentner, der auf seine alten Tage noch behilflich sein will.

Mich packt das kalte Grauen, der Rest der Familie ist freudetrunken, wie nicht anders vermutet. Ob Magnus Lamentus einen Spion entsandt hat? Hecke mit seinen Vogelaugen und dem lauernden Blick unter der Schirmmütze macht ganz den Eindruck. Doch mit meinem Misstrauen bleibe ich allein.

»Ich kenne so Typen!«, entfährt es mir hysterisch, nachdem Papa ihn mit Handschlag verabschiedet und ohne langes Hickhack schon für den nächsten Tag zum Arbeitsbeginn eingeladen hat. »Der wird im ganzen Haus herumschnüffeln und jeden Pups petzen. Warum geht der nicht ins Altersheim als Hausmeister?«

»Er ist genau der Mann, den wir hier brauchen«, erwidern Angela und Papa im Chor. »Er kann alles: Glühbirnen auswechseln, verstopfte Klos reparieren, und um die Grünanlagen will er sich auch kümmern.«

Als wäre das akut! »Wir brauchen jemanden, der Opa in der Küche entlastet!«

Dieser Jemand tritt am Nachmittag an und hat eine halbe Stunde später einen Vertrag in der Hand – allerdings nicht für einen Teilzeitjob, sondern als Lehrling.

Dafür sorgt Angela mit ihrem Helfersyndrom. Michael Gutmann, dessen Gesicht von einer riesigen Nase dominiert wird, hat die Realschule abgebrochen und steht jetzt ohne Schulabschluss da. Ihm schwebt nun eigentlich ein unaufgeregtes Leben zwischen Kochlöffeln und Brühwürfeln vor.

»Ich habe eine bessere Idee«, behauptet Angela und wischt sich die Hennahaare auf eine Schulterseite. »Du machst hier bei Opa Hinnerk eine Ausbildung zum Koch. Der hat schon auf den Schiffen damals die jungen Kerle in die Lehre genommen und macht das sicher heute noch gern. Und du hast was fürs ganze Leben!«

Der Typ macht ein Gesicht, als würde er am liebsten die Finger kreuzen und sich Knoblauchzehen um den Hals hängen, um die selbstlose Menschenliebe abzuwehren, die ihm da entgegenschwappt, aber es nützt ihm nichts. Am Ende unterschreibt er einen Ausbildungsvertrag und stülpt sich gleich die Kochmütze über.

Wiebke, Vanessa und ich kichern, als er in seiner

Schürze und der karierten Kochhose hinter Opa herschlurft.

Er hebt lässig eine Hand, als er uns passiert. »Na, ihr Schnecken? Ab heute gibt's Süßsaures! Meine Spezialität ist die asiatische Küche!«

Ich gröle mich weg, während Vanessa flüstert: »Wie heißt denn der?«

Wiebke weiß die Antwort. »Ist doch klar!«

Und das ist die Geburtsstunde von Nasi Goreng.

Der nächste Tag bringt so sommerliche Temperaturen, dass auch alle Warmduscher keinen Grund mehr vortäuschen können, auf ein Bad im See zu verzichten. Der Kieselstrand mit den Wiesenflächen rund um den Steg ist belagert von den Mädchen aus St. Peter-Ording.

Sie sind fast ausnahmslos zierlich und graziös, bewegen sich so anmutig wie eine Clique von Elfen. Viele der Jungs machen Stielaugen oder hechten plump hinterher, wenn die Zauberwesen vom Ufer in Richtung Wasser tänzeln, bezirzend kreischen und sich mit Wassertröpfchen bespritzen.

Zu deren Gruppe gehört auch ein etwa achtzehnjähriger Musiker, ein Pianist, der sich mit Ludger angefreundet hat. Aus unerfindlichen Gründen. Wie kann sich jemand freiwillig mit Ludger unterhalten?

Am Abend habe ich gehört, wie die beiden miteinander musiziert haben, Ludger auf seiner Sitar, der andere auf dem Klavier, und heute sitzt Ludger mit seiner nackten Hühnerbrust zwischen den Musical-Girls.

Ludger hat bestimmt noch nie eine Freundin gehabt. Ich bin die Letzte, die sich darüber wundert. Immer wieder schaue ich zu der Gruppe, um zu sehen, ob sie Ludger verarschen, aber das tun sie nicht. Im Gegenteil. Gleich zwei der Tänzerinnen hängen an seinen Lippen, während er im Schneidersitz vor ihnen hockt und mit leiser Stimme betet oder doziert, was aufs Gleiche herauskommt.

»Habt ihr gesehen, was der für Traumaugen hat?«, flüstert Vanessa. Hallo? Die spricht doch wohl nicht von Ludger, oder? Nein, sicher meint sie den Pianoman.

»Er heißt Leo«, gebe ich bekannt. Der Pianist gefällt mir auch, aber nicht so, dass es zum Verliebtsein reicht. »Tja, nicht schlecht. Der hat echt was.«

Auch Wiebke stimmt zu, nachdem sie aus ihrer Strandtasche eine Tüte Kekse herausgekramt hat und sie in die Runde reicht. Malte, der ihr gegenübersitzt, greift hungrig hinein, nimmt sich gleich eine ganze Handvoll und die höfliche Geste zum Anlass, Wiebke wieder in ein Gespräch zu verwickeln.

Als sie nur einsilbig reagiert, gibt er nach einer Viertelstunde auf und läuft zu Marvin und seinen anderen Kumpels, die sich nun auch ein Ruderboot ausgeliehen haben und damit in die Mitte des Wildsees treiben, um dort eine Seeschlacht gegen die Franzosen zu inszenieren.

Das reizt mich ja mal wieder über die Maßen, mich den Jungs anzuschließen. Als räuberische, grausame Piratenbraut, die darauf pfeift, gerettet zu werden, sondern lieber selbst metzelt und säbelt und entert, was das Zeug hält.

Irgendwie haben Jungen viel leichter Spaß als Mädchen. Warum nur sind meine Freundinnen aus anderem Holz geschnitzt? Sie reiben sich jammernd die Augen, wenn mal ein Tropfen Wasser hineingerät. Vanessa achtet sowieso beim Schwimmen immer darauf, dass ihre Frisur nicht zusammenbricht. Sie hat ihre dunklen Haare akkurat gescheitelt, die Ponyfransen auf der einen Seite bedecken immer ansatzweise ein Auge. Die Frisur hat sie mal bei einer Vorher-Nachher-Show in einer Jugendzeitschrift gesehen und wirklich perfekt imitiert. Es steht ihr sehr gut, aber ich gäbe was darum, wenn sie den Scheitel mal vergessen und dafür mit mir im Wasser toben würde.

Wir bleiben zurück, das Johlen der Jungs dringt aus der Ferne zu uns. Zeit, mal gegenseitig die Befindlichkeiten abzuchecken.

»Wieso bist du denn so pampig dem Malte gegenüber?«, frage ich Wiebke. »Der ist doch total nett zu dir.«

Das interessiert mich wirklich enorm. Einerseits kleben die beiden aneinander, seit sie sich das erste Mal begegnet sind, andererseits habe ich noch nicht mitbekommen, dass sie ein vernünftiges Gespräch geführt haben. Immer ist Wiebke patzig.

Erschrocken weiche ich zurück, als ich ahnungslos Wiebkes Blick begegne. Ihre Augen leuchten wie bei einem Horrorkind in einem Splatter-Movie. »Das habe ich mir doch gleich gedacht!«, stößt sie verbittert hervor, als hätte ich ihre Mutter beleidigt.

Ich hebe beide Arme. »Hey, hey ... Ich hab's doch nur gut gemeint.« Endlich wendet sich Vanessa dem Gespräch zu und zeigt all den süßen Typen am und im See den Rücken. Auch sie begreift offenbar nicht, warum Wiebke so heftig reagiert.

»Mir ist aufgefallen, dass du dich benimmst, als hättest du Stacheln oder er die Krätze oder so. Dabei ist der doch gar nicht so übel. Und dass er ein paar Speckrollen zu viel hat ...« Vanessa zuckt die Achseln und lässt den Satz unvollendet.

Wiebke schiebt die Unterlippe vor. »Ist doch klar, was der denkt, der Malte: Ah, eine Dicke, die passt zu mir! Ein Moppel kommt selten allein!«

Vanessa und ich wechseln mit großen Augen einen Blick, dann gibt es kein Halten mehr. Wir prusten los, halten uns die Bäuche, doch – falsches Timing!

Denn Wiebke springt auf und zischt mit tränenerstickter Stimme: »Auf so Freundinnen wie euch kann ich verzichten!« Dann packt sie ihr Badezeug und läuft davon.

»Uuups!«, entfährt es Vanessa, aber es hätte auch von mir sein können.

»Hast du gewusst, dass sie das ernst meint?«, frage ich atemlos.

Vanessa schüttelt heftig den Kopf. »Wie kann man so einen Schwachsinn ernst nehmen!«

Rasch ziehe ich mir ein weißes Trägershirt über den knappen Bikini und spurte hinter Wiebke her.

Nicht ungern bleibt Vanessa allein zurück, da bin ich hundertpro sicher, denn in diesem Augenblick kehren die Jungs von ihrer Seeschlacht zurück, rennen mit fliegenden Wassertropfen auf sie zu und lassen sich um sie herum – wie Piraten nach gewonnener Schlacht auf einer Insel im tobenden Ozean – nieder, um sich über die zurückgebliebene Kekstüte herzumachen.

Kein Problem für mich, Wiebke einzuholen. Sie hat sich zu den Ställen verzogen, wo Elvis gleich neugierig antrabt und eine Extramahlzeit wittert.

Wiebke hat sich inzwischen wieder ihre Shorts und ihre Bluse übergestreift und befestigt ihre Badetasche gerade auf dem Gepäckträger ihres Fahrrads.

Ein bisschen aus der Puste lege ich ihr von hinten die Hand auf die Schulter. »Hey, Wiebke, was soll denn das? Warum haust du einfach ab?«

»Ach, lass mich!« Wiebke wischt sich mit dem Handrücken über die Nase. »Ich will nur einfach keinen dicken Freund. Dann sehe ich erst recht aus wie eine Tonne, und wir werden die Lachnummer der ganzen Villa Wildsee abgeben. Darauf habe ich echt keinen Bock.«

Ich stecke die rosa getönte längliche Brille mit den Metallbügeln so ins Haar, dass mir die Vanillesträhnen nicht ins Gesicht fallen können, und versuche, ganz streng zu gucken. »Ich erinnere mich aber sehr gut daran, wie du mir gestern noch eine Moralpredigt gehalten hast von wegen nicht nach dem Äußeren gehen und so! Und jetzt machst du selbst hier so eine Welle.«

»Das ist doch was anderes!«, kontert Wiebke unbeholfen, aber zumindest hat sie die Flennerei eingestellt. »Ich finde Malte ja nett. Aber warum muss er so fett sein? Bestimmt denkt er auch, lieber hätte er ja die Vanessa oder die Lilly, aber für einen Dicken wie ihn reicht es gerade mal für eine Wiebke!« Die Tränen springen ihr wieder aus dem Gesicht.

Ich bin geschockt, mache aber eine Clownnummer daraus und stecke mir einen Finger ins Ohr, als hätte ich Wasser darin und höre schlecht. »Sag mal, du sprichst von dir, als seiest du irgendwie weniger wert als eine von uns. Kann es sein, dass du heute das Falsche gefrühstückt hast, oder willst du mich auf den Arm nehmen?«

»Du verstehst das nicht«, murmelt Wiebke und zieht mit der Spitze ihrer Sandale Kreise in den Pflasterstaub. Elvis stößt sie mit der Nase in die Hüfte, und sie streichelt seinen hübsch frisierten Kopf. Ich weiß ja selbst, wie tröstend es ist, ein Pferd zu umarmen, eine Katze zu streicheln oder einen Hund zu kraulen. Und irgendwie haben die Tiere das auch raus, dass sie immer dann zur Verfügung stehen, wenn man eine Schmuseeinheit braucht.

»Wenn dir der Malte nicht gefällt, dann lass ihn doch abblitzen, kein Problem«, versuche ich einen neuen Anfang. »Komm doch wieder mit zurück, bitte.«

»Pah«, macht Wiebke, »um zuzuschauen, wie sie sich alle um Vanessa reißen? Keine Lust mehr drauf heute.« Dann sieht sie mich aber doch noch entschuldigend an. »Danke, dass du gefragt hast. Ich hab dich echt lieb, Lilly. Schön, dass du jetzt hier wohnst.«

Wir umarmen uns einmal fest, bevor Wiebke über den Hof davonradelt.

Smutje, der im Stall gepennt hat, trottet heraus und trabt ihr ein paar Meter hinterher, Elvis schaut ihr hungrig nach, und Whiskey, Pfote und Frisbee oben auf dem Giebel des Stalldachs wenden synchron die Köpfe.

Ich verstehe echt nicht, was in Wiebke vorgeht. Warum meint sie, ein Junge mit Übergewicht würde ihrem eigenen Image schaden? Auf was für krasse Ideen andere Leute so kommen. Ich würde ihr das gern ausreden, habe aber überhaupt keinen Plan, wie ich das anstellen soll. Es gibt wohl Dinge, die muss man ganz allein herausfinden. Da kann einem überhaupt kein Mensch helfen.

Die Gelegenheit ist günstig, schnell die Tiere zu versorgen. Wasser für Smutje, Sahne für die Miezies und ein Apfel für Elvis.

Dann rase ich zurück zum See. Die Sonne steht noch hoch am Himmel, uns bleiben mindestens zwei weitere warme Stunden an diesem Maitag. Auch wenn ich grundsätzlich irgendwie anders ticke als Vanessa, so ist es doch hin und wieder spannend, sie beim Flirten zu beobachten – vor allem, wenn sie nicht nur starrt.

Vielleicht, wenn ich mich ganz doll anstrenge, verliebe ich mich auch mal in einen.

Wenn ich Vanessas entrückte Mimik sehe, bin ich mir sicher, dass es ein tolles Gefühl sein muss, so mit Herzklopfen und Händezittern und Hemmungen verlieren.

Nicht, dass ich mich für weniger attraktiv halte als Vanessa! Im Großen und Ganzen finde ich, dass es nichts Auffälliges an mir auszusetzen gibt. Hinter Vanessa jedenfalls brauche ich mich nicht zu verstecken. Aber bei ihr ist es die ganze Zeit so, als würde sie kleine unsichtbare Botschaften aussenden, die die meisten Jungs – vor allem ältere – sofort auffangen und entweder zurückschicken oder abspeichern.

Dieses Phänomen muss ich bei Gelegenheit mal genauer untersuchen. Kann ja nichts schaden, wenn man vorbereitet ist, wenn es einen irgendwann überraschend selbst erwischt.

Am Abend gibt es das erste Lagerfeuer an der Villa Wildsee, und es ist so was von romantisch. Schade nur, dass Wiebke nicht geblieben ist.

Der Himmel ist dunkelblau, die Wolkentiere vom

Morgen haben sich schlafen gelegt. Ein paar besonders helle Sterne funkeln bereits und spiegeln sich in der glatten Oberfläche des Wildsees.

Die Flammen des Feuers züngeln noch so hoch und wild, dass man sich wegducken muss, damit es nicht zu heiß im Gesicht wird. Aschebrösel und glimmende Holzstückchen fliegen in den Himmel. Wir haben mehrere Bänke aus dem Keller der Villa geholt und sie im Kreis um das Lagerfeuer gestellt.

Angela hat mit Opa und Nasi zusammen einen Brotteig angerührt, den wir uns um lange Stöcke wickeln und in die Flammen halten.

Die Franzosen kennen das nicht, sind aber ganz angetan.

Ich bin mit Valentin dazu eingeteilt, für die Getränke zu sorgen und dafür, dass nirgendwo Geschirr oder Besteck im Gras herumliegt. Blöd. Ich hätte den Abend lieber auch so entspannt genossen wie Vanessa, die keinen Finger krumm macht, sondern inmitten der Franzosen sitzt und sich über alles kaputtlacht, was die so sagen. Dabei versteht sie sicher nur knapp die Hälfte.

Valentin verzieht keine Miene, während er Colakisten schleppt. Ich sehe ihm an, dass er die Minuten zählt, bis er wieder in seinem Zimmer seine Ballerspiele fortsetzen kann. Dass er irgendwas Gescheites am PC treibt, glaube ich nicht. Wahrscheinlich lässt er seinen ganzen Frust in der 3-D-animierten Welt ab.

Was für eine arme Socke. Und dann auch noch mein Stiefbruder.

»Du kannst gehen, ich krieg das hier schon allein gebacken«, werfe ich ihm hin.

Er schaut mich an. »Ich mache aber gern mit, kein Problem.« Irgendwie passt es nicht zusammen, was er denkt und was er sagt. Oder denke ich nur, was er denkt, und denke ich falsch?

»Mir wäre es aber lieber, du würdest dich verkrümeln«, zische ich ihm zu, als er mir mit zwei benutzten Gabeln und einem Teller in der Hand im Weg steht.

Wenig später ist Valentin ohne ein weiteres Wort verschwunden.

Liebesgesäusel

Die Botschaft, die ich am Montagabend bekomme, ist weder klein noch unsichtbar.

Jemand hat einen Umschlag unter meiner Zimmertür hindurchgeschoben. Darauf steht in Druckbuchstaben mit Fineliner mein Name, und darin befindet sich … Tja.

Es ist eigentlich ein Text, der nach dem ersten Eindruck auch die Bedienungsanleitung für einen Toaster sein kann, auf dem PC getippt, kursiv geschrieben, einzelne Wörter sind fett hervorgehoben, springen sofort ins Auge. Kitschiges Zeug.

Deine Augen leuchten wie die hellsten ***Sterne***
Doch lieb ich Dich nur aus der Ferne.
Wenn Du lachst, geht mir ein ***Licht*** *auf.*
Drum geb ich Dich auch nicht auf.
Du bist, was ich suche, mein A und mein O,
Du bist, was ich brauche, ich liebe Dich so.
Ein ***Blick*** *von Dir und ich muss schweben –*
willst Du mir Deine ***Liebe*** *geben?*

Ich wende das Papier, die Rückseite ist blank. Ich lese das Gedicht ein zweites Mal, versuche irgendetwas zwischen den Zeilen zu entdecken, aber da scheint es nichts Unterschwelliges zu geben.

Eine klare Ansage: Jemand hat sich in mich, Lilly Lang, 13 Jahre, wohnhaft in der Villa Wildsee, verknallt und den Weg um die Ecke gewählt, um mir das mitzuteilen.

Was für ein Hohlkopf.

Selbst wenn ich nach diesen lächerlichen Zeilen in Liebe zu ihm entbrennen würde, hätte ich ja keine Chance, ihm das zu sagen. Der Brief ist anonym!

Das kann nur bedeuten … Nun, was bedeutet es, wenn jemand seinen Namen nicht unter eine Liebeserklärung schreibt? Vielleicht hat er etwas zu verbergen? Vielleicht hat er bereits eine Freundin und traut sich nicht, die Beziehung zu beenden? Vielleicht ist er hässlich wie die Nacht und weiß, dass er eine knallharte Absage kassieren wird, will sich aber trotzdem kein Magendrücken einhandeln, weil er seine Liebe nicht zum Ausdruck bringen kann?

Vielleicht ist es auch eine Verarschung? Aber dafür klingt es zu ernst.

Da hilft nur eins: Fachfrau Vanessa muss zurate gezogen werden!

»Vanessa, du glaubst nicht, was mir eben passiert ist«, schreie ich in den Hörer, nachdem sie abgenommen hat. Zum Glück pennt sie noch nicht. »Ich habe den ersten Liebesbrief meines Lebens bekommen.«

»Wow«, entfährt es ihr. »Von wem?«

Ich seufze. »Das ist der Punkt. Ich weiß es nicht. Er ist anonym.«

»Wie aufregend! Ein heimlicher Verehrer! Hast du einen Verdacht?«

»Na ja … Ich überlege schon die ganze Zeit. Einer von den Franzosen kann es nicht sein. Dafür klingt es zu deutsch, wenn auch grauenhaft. Willst du hören?«

Natürlich will sie.

Die Melodie der Zeilen, wenn es denn eine gibt, entzieht sich mir, und so rassele ich das Gedicht herunter, nur unterbrochen von Vanessas Gekicher. Am Ende giggele ich mit. »Was hältst du davon?«

»Scheint jemand zu sein, der dich nicht kennt. Nur gesehen hat. Oder meinst du, Philipp käme auf die Idee, dich so zuzutexten? Der weiß doch, dass du keine Romantikerin bist.«

»So ein Quark! Philipp würde niemals einen solchen Müll fabrizieren. Außerdem würde der meine Augen nicht mit Sternen oder anderem Zeug vergleichen.«

»Also kommt nur einer der Kölner infrage«, überlegt Vanessa und fügt schnell hinzu: »Aber Marvin bestimmt nicht!«

»Und warum der nicht?«

»Weil … also … nee, der ist ja für mich.« Vanessa verrennt sich bisweilen in Unlogik, aber um solche Kleinigkeiten kümmern wir uns nicht, wo es doch darum geht, das Rätsel einer anonymen Liebeserklärung zu lüften. Vielleicht die Liebe meines Lebens, die so ihren Anfang nimmt?

Doch davon hat Vanessa nun anscheinend genug, denn als Marvin ins Gespräch kommt, ist sie nicht mehr zu bremsen. »Als wir im Wasser getobt haben, hat er mich zweimal untergetaucht!«, proklamiert sie.

Ich stutze. Hält sie das etwa für einen Liebesbeweis? »Und du hast dir das gefallen lassen?« Ich lache allein. »Der hätte keinen Spaß an mir gehabt, wenn er das gewagt hätte.«

»Weil du eben nicht weißt, wie man mit Jungen umgeht! Die brauchen immer das Gefühl, dass sie stärker und schlauer sind. Dann verlieben sie sich auch in einen.«

Jetzt lache ich aus vollem Hals, immer noch ohne Begleitung. »Dann will ich aber lieber gar keinen, wenn ich mich dafür schwach und dumm stellen muss. Machst du das wirklich so? Ist mir noch nie aufgefallen.«

Oder vielleicht doch. Vanessa ist immer diejenige, die am ehesten kreischt und wegläuft und sich fangen lässt, wenn wir mal mit Jungs herumalbern.

Ich dagegen fühle mich manchmal wie mit der Erde verwachsen – breitbeinig und unerschrocken wie eine Piratenbraut eben. Vielleicht ist das falsch? Und vielleicht ist es auch nicht richtig, beim Nachlaufen und Schwimmen mein Bestes zu geben und diejenigen Typen weit zurückzulassen, die weniger sportlich sind?

Vanessa schickt einen tiefen Seufzer durch die Leitung. »Ach, Lilly, dabei weiß ich gerade gar nicht, was ich will. Marvin ist so süß und so sportlich und so hübsch, aber hast du gehört, mit was für einem niedlichen Akzent dieser Luc von den Franzosen spricht? Ich bin ja fast dahingeschmolzen, als er mit uns geplaudert hat, und wie er mich mit seinen grünen Augen angesehen hat! Und dann noch was ...« Sie senkt die Stimme zu einem Flüstern.

Ich werfe mich aufs Bett, den Hörer ans Ohr gepresst. Vanessa hat es mal wieder geschafft, zu ihrem Lieblingsthema zu lenken: Me, myself and I. Eine echte Drama-Queen.

»Das muss aber echt zwischen uns beiden bleiben, das darfst du keinem erzählen!«, fährt sie fort.

»Auch nicht Wiebke?«

Vanessa zögert einen Moment. »Doch, Wiebke erzähl ich's auch, aber erst, wenn die sich wieder einkriegt. Heute in der Schule war sie noch so richtig zickig.«

»Jetzt mach's doch nicht so spannend!«

»Diese Tussis aus St. Peter-Dingens ... du weißt schon ...«

Ich richte mich alarmiert auf. »Hallo? Hast du dich in ein Mädchen verguckt?«

»Bullshit!«, ruft Vanessa so empört, als sei dies das Letzte, was einem passieren kann. »Ich meine den Typ, der bei den Proben auf dem Klavier klimpert.«

»Du meinst Leo?«

Vanessas Stimme kippt hysterisch. Vielleicht, weil ich den Namen »Leo« nicht in Verbindung mit einem hübschen Adjektiv ausgesprochen habe? »Das ist ein Künstler! Ein Genie! Ein Mann mit Stil und Klasse!«, ereifert sie sich.

»Mannomann. Sind wir denn deine Liste bald durch? Marvin, Luc, Leo – willst du die drei alle in der nächsten Woche anbaggern? Dann musst du wohl eine Nachtschicht einlegen.«

»Ich baggere nicht«, sagt Vanessa, gespielt von oben herab. »Ich lasse baggern!«

Wir kichern beide. Ich werfe auf dem Bett die Beine in die Luft und drehe mich dann auf den Bauch. »Aber nun wieder zu mir«, sage ich lachend. »Was schlägst du vor, wie ich mich verhalten soll?«

»Du meinst, um mir zu helfen, herauszufinden, wer der Coolste von den dreien ist?«, fragt Vanessa ernsthaft.

Ich quietsche extra schrill in den Hörer: »Du bist ja voll auf dem Egotrip! Ich bin diejenige, die einen Liebesbrief bekommen hat. Geht das vielleicht mal in deinen Kopf hinein? Was können wir tun, um herauszufinden, wer sich da an mich heranpirscht?«

»Ach so!« Vanessa ist wieder im Bilde und lacht über sich selbst. »Logo. Mach dir keine Sorgen! Morgen habe ich einen Plan!«

Das bezweifele ich zwar, aber es ist gut zu wissen, dass jemand mitdenkt.

Nachdem ich aufgelegt habe, lausche ich auf die

Geräusche, die von unten zu mir heraufdringen, aber es ist nichts Ungewöhnliches dabei. Keine Schmerzensschreie, keine Prügeleien, keine Kommandos von Heinz Hecke, der sich, wie ich nicht anders vermutet habe, nach wenigen Tagen als übelster Spielverderber aller Zeiten entpuppt hat.

Niemand hat ihn bislang lächeln gesehen, er beherrscht diese Mimik offenbar nicht, vielleicht eine Kriegsverletzung, vielleicht eine natürliche Entwicklung, die auf eine durch und durch humorlose Lebenseinstellung von Kindesbeinen an zurückzuführen ist.

Papa ist allerdings mehr als zufrieden mit dem Alten, der wie der Hausmeister in Harry Potter durch die Flure huscht und vorgibt, Wasserleitungen in den Klos zu reparieren oder Fenster abzudichten, während er in Wahrheit versucht, Zigarettenrauch zu erschnüffeln.

Wahrscheinlich wird er, falls er einen beim Rauchen erwischt, ihm tatsächlich die Ohren lang ziehen, wie es vor fünfzig Jahren üblich war; vielleicht wird er auch vorschlagen, die Prügelstrafe wieder einzuführen. In jedem Fall halte ich den Typen für eine Krebszelle im gesunden Organismus des Hotels.

E-Mail von Mom

Weil es nichts mehr zu hören und zu gucken, nichts mehr zu quatschen und durchdenken gibt an diesem Abend, schalte ich meinen Laptop ein und öffne das E-Mail-Programm. Der Computer ist topaktuell und ein wirklich abgefahrenes Teil. Ich habe ihn zu Weihnachten von meiner Mom bekommen, und dies aus gutem Grund. Sie liebt es, über Mail mit mir den Mutter-Tochter-Kontakt zu pflegen. Sie findet das viel unkomplizierter, als ständig zu versuchen, mich über das Handy zu erreichen und mir die Mailbox zuzutexten. Immer, wenn es ihr gerade einfällt, kann sie an ihr Töchterlein schreiben, und auf Antwort muss sie normalerweise nicht lange warten. Manchmal schickt sie mir auch Fotos, obwohl ich meine frühere Heimat in Hamburg noch sehr gut im Gedächtnis habe.

Ich klicke »Abholen«, lösche drei Spam-Mails und öffne die Nachricht von Mom.

Lieber Spatz,
tut mir leid, dass ich jetzt erst dazu komme, Dir zu schreiben, aber Du weißt ja, dass ich Tag und Nacht

an Dich denke und Dich vermisse, nicht? Ich vermisse die Schlaffalten in Deinem süßen Gesicht, wenn Du morgens unter die Dusche tappst, ich vermisse Deinen Aufschrei, wenn ich aus Zeitmangel das Kartoffelpü aus der Tüte angerührt habe, und ich vermisse unsere Mutter-Tochter-Abende, wenn Du mir meine Manuskripte auseinandergepflückt und mich mit Deinem erstklassigen Sprachgefühl auf die richtige Spur gebracht hast.

Meine Mom ist Schriftstellerin, sogar eine ziemlich berühmte.

Sie schreibt Bücher für Jugendliche, und ich bin ihre Muse. Was nichts anderes heißt, als dass ich ihre allerbeste Ideenlieferantin bin.

Sie lässt die Manuskripte stets von mir zuerst lesen. Ihre wichtigste Frage lautet: Findest du die Sprache passend oder klingt es gewollt und nicht gekonnt?

Ich mag den Schreibstil meiner Mom und lese ihre Sachen mit großem Vergnügen. Ich bin aber auch gnadenlos, wenn es darum geht, falsche Töne anzustreichen. Da nehme ich kein Blatt vor den Mund.

Meine Mom ist anders als andere Mütter, die ihre Töchter dann und wann fragen, mit wem sie ins Kino oder Eisessen gehen, weil sie verhindern wollen, dass das Kind schlechten Umgang pflegt oder auf die schiefe Bahn gerät. Meine Mom quetscht mich aus wie eine Zitrone, um auch das letzte Detail aus meinem Schul- und Liebesleben zu erfahren, und dies nicht aus Sorge, sondern weil sie sämtliche Infos verbraten und zu Romanen verdichten will.

Deswegen besteht die Gefahr, dass ich beim Lesen ihrer Texte Déjà-vu-Erlebnisse habe. Stets muss ich aufpassen, was ich ihr aus meinem Alltag anvertraue. Sie verarbeitet wirklich alles, was man romantisch oder witzig, spannend oder tragisch umschreiben kann.

Ich kann wirklich nicht verstehen, warum Du so schlecht über Angela sprichst. Deine letzte Mail bestand zu gut einem Drittel aus Lästerei über die neue Partnerin Deines Vaters. Glaub mir, Spätzchen: Du hättest es schlechter treffen können! Angela ist genau die Frau, die ein orientierungsloser Traumtänzer wie Dein Vater braucht. Und ich weiß, dass sie Dich sehr gern hat und darauf vertraut, dass sie irgendwann Zugang zu Dir findet. Nein, sie will Dich mir nicht wegnehmen – wer könnte das schon, Spätzchen? Sie will eine ältere Freundin für Dich sein und ist mächtig enttäuscht darüber, dass Du Dich ihr gegenüber so ablehnend verhältst.

Ich habe wirklich keinen Bock, mir eine sogenannte »ältere Freundin« ans Bein zu binden. Ich brauche das nicht – schon gar nicht, wenn keiner mich gefragt hat.

Zumindest aber sind wir uns in der Einschätzung von Papa Traumtänzer inzwischen einig, obwohl ich diese Zerstreutheit ja gleichzeitig von Herzen liebe. Meiner Mom muss das auch mal so gegangen sein. Schließlich hat es dafür gereicht, mich zu zeugen.

Eine Kulturzeitschrift aus Hamburg hat mich gebeten, eine Reportage über Euer Jugendhotel zu schreiben. Ich habe natürlich sofort zugestimmt. Ich denke aber, dass ich noch bis Juli damit warte, wenn Ihr ein bisschen mehr Erfahrung mit den Gästen habt. Ich kann doch mit Deiner Unterstützung rechnen?

In Sachen Kultur ist meine Mom wirklich nicht zu bremsen. Aber ich freue mich jetzt schon darauf, sie dann vielleicht für ein paar Tage um mich zu haben. Egal, wo ich mich gerade aufhalte, wenn Mama in Rufweite ist, fühlt es sich immer ein bisschen mehr nach Zuhause an.

Die ersten Jahre meines Lebens habe ich in dem Penthouse verbracht, das zunächst meine Eltern gemeinsam, später dann Mom und ich alleine bewohnt haben.

Meine Kindheit war klasse, bis zu dem Punkt, als meine Eltern mich nach dem Abendessen mit diesem Blick angesehen haben, der nichts anderes bedeutete als: »Du musst jetzt sehr stark sein.«

Als meine Eltern sich getrennt haben, habe ich lange Zeit befürchtet, ich komme nun in ein Heim. Natürlich weiß ich heute, wie blöd und grundlos diese Sorge war, aber mit acht Jahren hat man wohl noch das Recht, blöde Gedanken und grundlose Ängste zu haben.

Die Einheit meiner Eltern war im Kindergarten und später in der Grundschule alles, was ich brauchte im Leben, der Rückhalt, um auch mal ganz kurz rotzfrech sein zu dürfen, ohne deswegen ins Jugendgefängnis zu kommen, um Lehrern, die mich oder andere ungerecht behandelten, auch mal Widerworte zu geben, ohne zu befürchten, ich hätte nun alle Erwachsenen gegen mich. Meine Eltern waren die beiden Hände, die mich mit festem Druck rechts und links hielten, wenn wir auf dem Flughafen in Fuhlsbüttel in den Urlaub fuhren, meine Eltern waren die zwei Paar feucht glänzenden Augen in der vordersten Reihe, als ich meinen ersten Soloauftritt als Geigerin in der Schulaula bestritt.

Obwohl ich es im Rückblick wahrscheinlich hätte kommen sehen müssen, passierte es für mich aus heiterem Himmel, als sie ankündigten, dass sie sich trennen würden. Klar, man kannte das, dass sich Eltern scheiden ließen, aber das passierte immer nur den anderen, und die Kinder von Scheidungspaaren liefen immer mit bedröppelten Gesichtern herum. In der zweiten Klasse sprach uns unsere Lehrerin Frau Hartwig mal auf Max an, der in den Pausen immer allein am Schulteich hockte und mit einem Stock im Morast stocherte. Wir anderen hatten uns blöderweise immer ein bisschen über ihn lustig gemacht, bis Frau Hartwig uns erklärte, dass sich seine

Eltern getrennt hätten und dass er deswegen eine schwere Zeit durchmache, und wir sollten doch mal nett zu ihm sein und ihm das Leben nicht noch mehr vermiesen. Am nächsten Tag bekam er die Hälfte meines Hanutas, aber bedröppelt hat er immer noch geguckt.

Wir trennen uns in aller Freundschaft, fügten meine Eltern hinzu, als würde das irgendeinen Unterschied bedeuten.

Mein Leben geriet ohne die Verlässlichkeit eines Elterndoppels völlig aus dem Gleichgewicht. Damals konnte ich mir nicht vorstellen, wie ich jemals wieder glücklich oder mutig oder sorglos sein sollte, und dann war Papa eines Tages weg.

In der Wohnung hallte meine Stimme wie in einem Keller, wenn ich Mom »Gute Nacht« zurief, weil er einige Möbel mitgenommen hatte, zum Beispiel die große Kuschelcouch, auf der wir zu dritt oft »Wetten, dass …?« geguckt hatten.

Papa zog nach Flensburg, ich blieb mit Mama im Nest und lugte über den Rand, um zu schauen, ob es denn dem Papa auch gut ging. Ich fühlte mich, als wären meine Mutter und ich zwei Vögel, die einen ungeliebten Kameraden herausgepickt hatten. Damals weinte ich viel.

Es dauerte eine Weile, bis ich wieder in die Spur kam und mich den neuen Gegebenheiten anpassen konnte.

Dass es mir irgendwann besser ging, hing damit

zusammen, dass Papa, wenn er mich besuchen kam, um mit mir ins Kino oder zu Pizza Hut zu gehen oder mich für ein Wochenende zu sich zu holen, kein bisschen aussah wie ein gerupfter Vogel. Im Gegenteil. Er lachte viel mehr als sonst, wirkte irgendwie größer, und sein Gesicht glänzte manchmal wie ein Apfel.

Meine Mutter flüsterte mir ins Ohr, das läge daran, dass er verliebt sei, und schon hatte ich das nächste Problem.

Schreib mir doch bitte bald, meine Süße. Mich interessiert alles, was Du in der Villa Wildsee erlebst. Triffst Du Dich noch mit Philipp? Und wie schön, dass Du Anschluss in der Schule gefunden hast! Erzählst Du mir bei Gelegenheit, was Vanessas und Wiebkes Eltern beruflich machen?
Ich hoffe, Deine Geige verstaubt nicht in der Ecke. Mir hat es so leidgetan, dass Du den Unterricht hier in Hamburg abbrechen musstest, als Du in die Villa Wildsee gezogen bist. Du weißt ja, dass Du ein großes Talent bist, Schatz, das hat Deine Lehrerin immer wieder bestätigt. Schau doch bitte, dass Du so bald wie möglich den Unterricht wieder aufnehmen kannst. Sicher gibt es in Eurer Nähe eine Musikschule oder Privatlehrer. Und bis dahin versuche doch bitte, jeden Tag ein wenig zu üben. Dein Barockrepertoire ist einfach traumhaft. Oft vermisse ich die zauberhaften Töne, die du dem Instrument entlocken kannst.

Ich freue mich auf Deine Antwort und schicke Dir auf einem Regenbogen tausend tanzende Küsse.

In Liebe,

Deine Mama

Die Geige verstaubt nicht, weil sie im Kasten liegt. Unter meinem Bett. Mein Gewissen meldet sich stechend, weil ich noch nicht ein einziges Mal gespielt habe, seit ich in der Villa Wildsee wohne. Nicht, weil ich keine Lust verspürt hätte. Ich habe einfach nicht daran gedacht, weil so viel anderes wichtiger ist.

Nun hole ich den schwarzen Kasten hervor, öffne die Metallverschlüsse und nehme das kostbare Instrument vorsichtig heraus. Mit zwei Fingern streiche ich über das edle, polierte Holz, zupfe an den Saiten, die ganz verstimmt klingen, aber zum Glück nicht gerissen sind. Ich hole die Stimmgabel dazu, schlage sie an und straffe zunächst die A-Saite vorsichtig am Wirbel, dann die anderen Saiten, bis die Töne voll und rein klingen. Nachdem ich die Bogenhaare nachgezogen und sorgfältig mit Kolophonium eingeseift habe, lege ich mir den Kinnhalter auf und den Geigenrumpf an den Hals.

Die ersten Töne klingen wie mit einem Handtuch umwickelt. Das Instrument ist richtig beleidigt, weil ich es so lange vernachlässigt habe. Auch als ich mehrere Tonleitern spiele, klingt das noch ungelenk, es fühlt sich ungewohnt an nach der ganzen Zeit, in der ich keine Musik gemacht habe.

Aber dann bin ich drin und spiele Sequenzen aus verschiedenen Lieblingsstücken, verbinde sie improvisierend miteinander. Dabei schließe ich die Augen und spüre den Tönen nach, die so magisch meine Stimmungen ausdrücken und verändern können.

Ich merke gar nicht, wie die Zeit vergeht, während ich mich ganz fallen lasse in den Klang, bis ich abschließe mit einer meiner Lieblingsballaden aus dem Irish Folk.

Wie aus einer anderen Welt auftauchend höre ich, dass jemand an die Tür klopft.

O Mann, ob ich zu laut gespielt und jemanden geweckt habe? Aber eigentlich sind die Mauern in der Villa ziemlich dick, und Fenster und Tür waren auch geschlossen.

»Ja?«, rufe ich.

Herein kommt Ludger. Er trägt einen grauen Schlabberpulli über der roten Hose und hat die langen braunen Haare zu einem Pferdeschwanz zusammengebunden.

»Ich wusste ja gar nicht, dass du Violine spielst«, sagte er zur Begrüßung. »Von draußen hat es sich angehört, als hättest du eine CD eingelegt. Ich wollte gerade fragen, ob du sie mir mal ausleihen kannst.«

Das hört sich eindeutig nach einem Kompliment an, oder? Ich grinse ihn an. Was mag er wirklich wollen?

Er lässt mich nicht lange rätseln: »Hör mal, hast du nicht Lust, mit mir zusammen einen Workshop zu geben? Improvisationsmusik für alle. Leo will auch mitmachen«, fügt er noch an.

Rasch packe ich die Geige wieder in den Kasten, klappe den Deckel zu und schiebe ihn mit einem Bein unters Bett.

»Um Himmels willen, nein.« Wie sähe das denn aus! Das Letzte, was ich möchte, ist, mir den Ruf zu ruinieren, indem ich mich in der Öffentlichkeit mit Ludger zeige. Aber mir ist schon klar, dass ich meine Ablehnung ihm gegenüber anders formulieren muss. »Ich bin völlig aus der Übung.«

»Das hat sich aber ganz und gar nicht so angehört«, sagt Ludger. Seine Stimme klingt immer, als hätte er gerade Fencheltee mit Honig getrunken.

»Danke für die Blumen, aber: sorry. Ohne mich. Ich rühre gern die Werbetrommel für euch«, füge ich noch hinzu.

»Okay.« Er ist schon wieder an der Tür. »Gib Laut, wenn du es dir anders überlegst. Mir würde es Spaß machen, mit dir zusammenzuspielen.«

Damit verschwindet er wieder wie ein Geist.

Ich sitze noch einen Moment lang einfach so da und starre vor mich hin. Zum ersten Mal kommt mir die Idee, dass es ein paar Aspekte in meiner Patchworkfamilie gibt, die gar nicht so mies sind. Aber diesen Gedanken zu vertiefen habe ich auch keine Lust.

Weil ich noch überhaupt nicht müde bin, deaktiviere ich den Bildschirmschoner auf dem Laptop, und die Mail meiner Mom steht wieder vor mir. Ich drücke auf »Antworten«. Es gibt ja so viel zu erzählen. Vielleicht findet meine Mama eine Erklärung für den anonymen Liebesbrief, wenn ich ihr die Umstände schildere?

In jedem Fall hätte sie einen originellen Handlungsstrang für ihr neuestes Buch.

Warme Tage, heiße Nächte

Mit den Tagen spielt es sich ein in der Villa Wildsee. Wir haben nun rund 60 Gäste, jeder pennt in einem Bett. Die Franzosen sind in der Überzahl, fallen aber nur ein Mal nachts auf, als André ausprobiert, ob der Feuerlöscher eine Attrappe ist.

Er ist es nicht.

Was für die einen eine Riesengaudi ist, weil Löschschaum die Böden der Flure in der ersten Etage zu Extremschlitterflächen verwandelt, ist für Menschen wie Heinz Hecke Grund genug, aus der Haut zu fahren. Dem Übeltäter droht in Absprache mit den beiden Begleitpersonen der Schulklasse, vorzeitig nach Hause geschickt zu werden, falls er ein weiteres Mal unangenehm auffällt.

Und die Sauerei muss André auch alleine wieder aufwischen, wofür er einen ganzen heißen Sommertag braucht, den die anderen quietschfidel am See verbringen.

Tagsüber sind die Franzosen meist mit den von Opa und Nasi gepackten Lunchpaketen unterwegs, unternehmen Wanderungen, besichtigen Kirchen, Kneipen und andere deutsche Kulturdenkmäler.

Die Kölner plagen sich mit Konditions- und Balltraining ab. In der Villa fallen sie weiterhin durch ungeschliffene Manieren im Speisesaal auf, aber daran hat sich inzwischen jeder gewöhnt. Die Menschen können ja nicht alle gleich sein.

Einmal kommt der Verdacht auf, einer der Kicker könnte etwas damit zu tun haben, dass in den Mädchentoiletten Klobrillen und Deckel mit Sekundenkleber fest zusammengeschweißt worden sind, aber Heinz Hecke gelingt es nicht, den Verdacht zu untermauern, obwohl er sich einige Male auf die Lauer legt.

Die Musical-Elfen tirilieren bis in den späten Abend hinein im Theaterraum im Keller. Manchmal gehen sie auch mit ihren Kostümen und Instrumenten nach draußen und proben hinter der Villa auf einer improvisierten Freilichtbühne. Außer dass drei von ihnen erwischt werden, wie sie um halb drei in der Nacht in einem Zimmer der Franzosen nur mit Nachthemdchen bekleidet eine Rotweinparty veranstalten, machen sie eigentlich keinen Ärger.

Über dieses Vorkommnis platzt Heinz Hecke der Kragen, und er regt an, die verlotterten Mädels, die sich bei seinem unverhofften Eintreffen in den Betten der Jungs versteckt haben, zu »eliminieren«. »So ein leichtfertiges Verhalten untergräbt die Moral des ganzen Hauses!«, posaunt er.

Doch Papa legt ihm nur schmunzelnd einen Arm um die Schulter. »Na, na, na, Herr Hecke, nun lassen

Sie mal fünfe gerade sein. Wir waren doch auch mal jung, oder?«

Solche Aussetzer vonseiten des Herrn Hecke wären für mich Grund genug, ihn kommentarlos wieder zu feuern, aber ich muss zugeben, dass sich Hecke andererseits auch als noch tüchtiger erwiesen hat, als von Papa vermutet. Er werkelt den ganzen Tag herum und ist sich auch nicht zu pingelig, mal den Putzlappen zu nehmen und die Treppen zu wischen. Wer, wenn nicht er sollte das übernehmen?

Gut gefällt mir sein Umgang mit Opa Hinnerk. Aus irgendeinem Grund hat er Hochachtung vor ihm. Wenn sie sich morgens begegnen und Opa ihn mit einem gebrummelten »Moin« begrüßt, haut Heinz Hecke die Hacken aneinander, legt eine Hand an die grau bekittelte Brust und deutet eine kleine Verbeugung an. »Wünsche einen guten Morgen, Herr Lang«, sagt er dann, als halte er ihn für den wahren Chef der Villa Wildsee.

Die Abfütterung klappt nun, da Nasi Opa Hinnerk hilft, einwandfrei. Nasi ist der ultimative Sprücheklopfer. Immer, wenn ich ihn treffe, hat er irgendwas zu kamellen. Ich höre schon gar nicht mehr hin. Aber er ist auch ein Dickhäuter. Manchmal nennt er mich seine »Schokolilly«, weil es mir einmal passiert ist, dass ich seine Mousse au chocolat mit einem genießerischen »Mhhmmmm!« gelobt habe. Er hat natürlich mitbekommen, wie wir ihn getauft haben, aber anstatt sich darüber grün zu ärgern, macht er nun selbst ständig sprachliche Verrenkungen, um uns dreien irgendwelche Spitznamen zu geben. »Wibbel-Wiebke«, »Va-Va« und »Brillilly« gehören zu den Ergebnissen seiner geistigen Bruchlandungen.

Einmal finde ich einen Einkaufszettel, den er verbrochen hat. Ich überlege, ob ich ihm die fünfzehn Fehler in den siebzehn Wörtern anstreichen und ihm den Zettel diskret wieder zustecken soll. Aber dann, als er mich dumm anmacht, weil er meine Jeans zu unsexy findet, spreche ich ihn doch auf seine Rechtschreibung an und frage ihn, ob er eisern an dem festhält, was er in der Grundschule gelernt hat, und alles darüber hinaus als Nötigung empfindet. Da lacht Nasi Tränen und boxt mir auf den Oberarm. »Besser eine Rechtschreibschwäche als einen Schlabberpopo.«

Ich habe den Verdacht, dass er mich auf seine Art genauso wenig ernst nimmt wie ich ihn. Ich frage mich echt, wie jemand mit einem solchen Rüssel im Gesicht und einer abgebrochenen Schulausbildung ein so unerschütterliches Selbstbewusstsein haben kann.

Eines Nachmittags kommen seine Eltern zu Besuch, zwei kugelrunde Menschen mit kugelrunden Köpfen, die wie ein Paar Bocciakugeln in die Villa Wildsee kullern. Sein Vater muss sich recken, um ihn am Ohr zu ziehen. Es sieht aus, als handele es sich um eine rituelle Begrüßung. Seine Mutter stellt sich auf die Zehenspitzen, um ihm ein Bussi aufzudrücken, und ich sehe, dass er es mit dem Handrücken wegwischt, als sie nicht hinguckt.

Angela empfängt Nasis Eltern wie liebe alte Bekannte, die wiederum fast einen Kniefall hinlegen vor lauter Dankbarkeit, weil sie Nasi eine »Zukunftsperspektive« gegeben hat. Sie vereinbaren, dass Nasi die Woche über im Hotel wohnen darf. Angela stellt ihm dafür zwei Zimmer und ein Badezimmer unter dem Dach zur Verfügung, und als wieder keiner hinsieht, zieht Nasi ganz für sich allein die Faust nach unten: »Strike!«

Dem gefällt es auf seiner Arbeitsstelle, dem Nasi, und wenn ich ihn mit Ludger und Valentin vergleiche, hat er gute Chancen, zum Villa-Wildsee-Teenager des Monats gewählt zu werden.

Nasi hat ein Problem, an dem er jeden, der nicht schnell genug aus seinem Dunstkreis flüchtet, teilhaben lässt: Er hat noch nie eine Freundin gehabt und will diesen Zustand ganz dringend ändern. Er redet darüber ganz offen, ohne die geringste Furcht, sich zu blamieren.

»Kein Problem, Nasi, lass das mal unsere Sorge sein«, tröstet ihn Vanessa impulsiv.

»Wir suchen dir die Richtige«, verspricht auch Wiebke.

»Allein, damit du nicht in den Wahn verfällst, eine von uns könnte die Geeignete sein«, kann ich mir nicht verkneifen anzumerken.

»Ihr seid echte Sahneschnittchen!«, freut sich Nasi. »Und von der Lilly klau ich mir nun einen Kuss.« Er spitzt die Lippen, aber so schnell kann er gar nicht gucken, wie ich kreischend davonlaufe, gefolgt von meinen lachenden Freundinnen.

Hinter dem Herd ist Nasi wirklich patent, willig und anstellig, wie Opa Hinnerk berichtet.

Mir geht es manchmal auf die Nerven, dass Nasi in der Villa Wildsee nicht nur seinen Dienst verrichten will, sondern auch auf Sozialkontakte aus ist. Und mich hält er für die Mittelsfrau. Ich habe keine Ahnung, wie er darauf kommt, aber er lässt nicht locker. Immer wieder erkundigt er sich, wie es denn mal mit einem gemeinsamen Videoabend im Mediaraum wäre und solche Sachen. Einmal fragt er mich, als Vanessa und Wiebke dabei sind, und schwups, sind sie in ein Gespräch verwickelt. Als sie sich für den Abend verabreden, ohne dass ich es verhindern kann, strahlt Nasi, dass die Kochmütze auf seinem Schädel ins Wackeln gerät, bevor er wieder in die Küche eilt, um Salat zu putzen.

»Vielleicht ist er ja der geheimnisvolle Liebesbriefschreiber!«, überlegt Wiebke, als wir uns am Spätnachmittag draußen auf der Bank vor dem Gebäude niedergelassen haben, um die Gesichter in die letzten Strahlen der Sonne zu halten.

Vanessa stimmt ihr mit geschlossenen Augen zu. »Hmhm«, macht sie. »So vom Stil her könnte das passen.«

Sie haben recht. Nasi steht ganz oben auf der Liste der Verdächtigen. Ist das nicht furchtbar? Einzig, was stört: Er blubbert ununterbrochen – warum sollte er zum Flirten Briefe schreiben, und auch noch mit Reimen?

Eher traue ich ihm zu, dass er mich auf dem Klo einsperrt, um mich zuzutexten, als dass er klammheimlich Seiten bedruckt, um sie bei Nacht und Notbeleuchtung in mein Zimmer zu befördern.

Um kurz nach sechs fährt Philipp mit seinem Fahrrad vor. Na endlich! Sofort springe ich auf, um ihn zu begrüßen.

Ich bin froh, dass es bei dem einen Abschiedsküsschen geblieben ist. Weder zur Begrüßung noch beim Tschüss-Sagen hat er das ein weiteres Mal probiert. Wie sähe das auch aus vor den anderen?

»Ey, klasse! Wie hast du es geschafft, dich aus der Bäckerei loszueisen?«

Philipp grinst. »Ich fürchte, sie haben es noch gar nicht bemerkt.« Er lacht mich an, was niedlich aussieht, weil seine Schneidezähne einen winzigen Millimeter länger sind als die anderen Zähne. Aber nicht hasenmäßig!

Obwohl sie nie darüber gesprochen haben, ist Philipp als wirklich süßer Typ für Wiebke und Vanessa tabu. Das finde ich seltsam. Vanessa flirtet sonst mit allem, was Bartwuchs bekommt, aber Philipp gegenüber verhält sie sich wie eine Schwester. Obwohl ich ja selbst nicht für zwei Cent in Philipp verliebt bin, würde es mich stören, wenn irgendwas an kleinen unsichtbaren Botschaften zwischen den beiden hin- und herwandern würde.

An diesem Abend fängt es mit der Dämmerung an zu regnen, also halten sich alle Gruppen im Haus auf.

»Sollen wir gucken, was in den Aufenthaltsräumen abgeht?«, frage ich die anderen, und kurz darauf steigen wir in den Keller des Gebäudes hinab.

Who feels pretty?

»Kann man gar nicht glauben, dass die Villa Wildsee früher ein Amtshaus gewesen ist«, meint Philipp, als wir an der Kellertreppe sind.

»Ich schon«, erwidere ich grinsend. »Ich stelle mir vor, wie hier vor 200 Jahren verkniffene Sekretäre in Lederwesten und mit Nickelbrillen hinter staubigen Akten auf drei Etagen gehockt und die Leute angepflaumt haben.«

Wiebke lacht. »Vielleicht hat es auch eine Gendarmerie gegeben und eine kleine Gefängniszelle. Der Bürgermeister hockte bestimmt wie eine fette warzige Kröte im obersten Stockwerk.«

»Genau!« Philipp ist begeistert von dem Bild. »Vielleicht sind hier die Leute herumgewuselt wie in dem Asterix-Band, in dem die Gallier ein Formular brauchen und die Treppen japsend und hechelnd hinauf- und hinuntertraben und von gelangweilten Beamten von einer Stelle zur nächsten geschickt werden.«

Ein Architekt hat sich die Neugestaltung der Villa gemeinsam mit Papa und Angela ausgedacht, aber ich habe ihnen einige Male über die Schulter geschaut und meinen Senf dazugegeben.

Oben unterm Dach wohnen nun Papa, Angela, Ludger, Valentin und ich. Dort befinden sich die »Privatgemächer«, wie es Wiebke einmal genannt hat, und das finde ich auch gut so. In den Fluren allerdings stehen noch mehrere Umzugskartons herum. Das wird noch eine Weile dauern, bis wir die alle ausgepackt haben.

Von da oben hat man das Gefühl, über den Dingen zu schweben. Wie vielleicht früher der Bürgermeister. Oder der Rat der Weisen. Durch eine eigene Tür gelangt man zu der Zweizimmerwohnung, die nun Nasi beherbergt.

Darunter, im zweiten und ersten Stock, sind die Gästezimmer. Insgesamt gibt es zehn Vierbett-, zwei Fünfbett-, fünf Zweibett- und mehrere Einzelzimmer; letztere vor allem für die Betreuer.

In der ersten Etage befinden sich außerdem ein großer Gemeinschaftsraum für Versammlungen und mehrere kleinere Räume, in denen später einmal Kurse angeboten werden sollen. Ludger hat einen Plan entworfen für allen möglichen fernöstlichen Schnickschnack. Ich muss dafür sorgen, dass nicht nur sein esoterischer Kram angeboten wird, sondern auch Handfestes, wie etwa eine Schreibwerkstatt oder ein Zeichenkurs.

Im Erdgeschoss gibt es den Speisesaal und das Foyer, in dem die Gäste begrüßt werden. Neben dem Tresen, den Papa vom örtlichen Tischler einbauen ließ, befindet sich ein kleiner Raum, in dem ich in diesen Tagen einige Male Heinz Hecke im grauen Kittel entdeckt habe, wie er mit Zollstock und Bleistift hinterm Ohr herumhantiert hat. Gut möglich, dass er plant, diesen Raum für seine Zwecke – was auch immer das sein mag – umzufunktionieren. Eine Folterkammer für ungehorsame Teenager vielleicht.

Das Schönste am Haus ist aber der Keller, den wir nun betreten. Die Decken dort sind teilweise recht niedrig, die Türen von gemauerten Bögen verziert. Hier unten gibt es einen Raum, in dem abgefeiert werden kann. Dort steht sogar eine Bühne mit Vorhang davor und in einer Ecke ein Flügel. Zurzeit haben ihn tagsüber die Musical-Girls mit Beschlag belegt, und das Geklimper von Pianist Leo hallt von den dicken Steinwänden wider.

Außerdem gibt es noch einen Multimediaraum mit einem riesigen Bildschirm, wie man ihn bei Liveübertragungen von Fußballspielen auf den großen Plätzen der Städte findet, sowie einen Billard- und einen Tischtennisraum. Theoretisch kann es den Sommer über durchregnen, man findet in der Villa jeden Tag etwas anderes, um Spaß zu haben.

Auf dem Weg nach unten in das Kellergewölbe schließt sich uns Nasi an, kaum wiederzuerkennen ohne seine Kochkluft, sondern in Cordhose und kariertem Flanellhemd.

»Hey, Leutz«, ruft er erfreut.

»Na, Nasi? Schon Feierabend?«, fragt ihn Vanessa munter.

»Jo! Und fit wie ein Turnschuh!«

Wir kommen am Theaterraum vorbei, aus dem eigenartiger Gesang herausdringt. Die Tür ist nur angelehnt, wir öffnen sie und lugen durch den Spalt hinein – die Köpfe übereinander wie die Bremer Stadtmusikanten. Die Bühne ist hell erleuchtet, der Zuschauerraum liegt im Dunkeln.

»Hey, geil, kommt, lasst uns da mal zuschauen«, meint Nasi mit leuchtenden Augen.

Ist ja klar, dass er nur checken will, ob sich unter den Girlies eine geeignete Kandidatin für seine Liebesvision finden lässt. Aber mir soll das egal sein.

Er schiebt uns in den Raum. Leise setzen wir uns in die hintere Reihe.

Auf der Bühne stehen nur vier Mädchen herum und proben ihre Darbietungen. Die Musik kommt aus der Konserve, Pianoman scheint heute Abend freizuhaben.

»Was ist das für ein schräger Text?«, zischt Philipp mir ins Ohr und gluckst vor Lachen.

»Ich verderbe den Brei«, singt da eines der Mädchen mit einer Elefantenmaske und wälzt sich auf dem Boden.

Ich halte mir die Hände vor den Mund, um mein Lachen zu unterdrücken. »Ich glaube, das ist aus Jack the Ripper. Aber dass die Texte in den deutschen Musicals immer so Banane klingen müssen … Auf Englisch hört sich das viel besser an.«

Und das bekommen wir zu hören, als sich der Elefantenmensch von der Bühne bewegt und ein ungeschminktes blasses Mädchen mit einer ausgeprägten Akne und mit hängenden Strähnenhaaren anhebt: »I feel pretty!« Kenn ich auch. Das ist aus der *West Side Story*.

»Unglaublich, was für eine Power die in ihrer Stimme hat«, tuschele ich Philipp ins Ohr. Auf der Bühne springt sie dabei auch noch strahlend von einer Ecke in die nächste, hält sich am Geländer fest, streckt einmal linken Arm und linkes Bein von sich, dann das gleiche mit rechtem Arm und Bein.

»I feel pretty, oh, so pretty, I feel pretty and witty and bright! And I pity any girl who isn't me tonight. I feel charming, oh, so charming. It's alarming how charming I feel! And so pretty that I hardly can believe I'm real. See the pretty girl in that mirror there: Who can that attractive girl be? Such a pretty face, such a pretty dress, such a pretty smile, such a pretty me!«

Das Pink ihres Sechzigerjahrekleides beißt sich mit dem Rostrot ihrer Pickel, doch Nasi glaubt ihr mit offenem Mund jedes Wort.

Doch, doch, sie macht das klasse! Ich frage mich nur, ob sie sich auch bei der Premiere als Naturschönheit präsentieren wird.

Ein Blick zu Nasi – der immer noch hin und weg ist. Und da fällt es mir wie Schuppen von den Augen. Passt Pretty Woman nicht wunderbar zu ihm? Soll er doch sein Glück versuchen!

Ich stupse die anderen der Reihe nach an, und wir ziehen uns gebückt wieder zurück.

Nasi kriegt nichts mehr mit und bleibt hocken.

Pretty Woman hat einen Fan und scheint nur für ihn zu singen, wie er da im Dunkeln ehrfürchtig zu ihr aufschaut. Endlich hat er eine zum Anschmachten gefunden.

Cynthia und andere Zicken

Im Tischtennisraum veranstalten bereits mehrere Kölner und Franzosen einen Rundlauf.

Wir diskutieren nicht lange herum, greifen uns Tischtennisschläger und sortieren uns in die lange Reihe ein.

Einige sind so damit beschäftigt, zu flirten und zu baggern, dass sie nicht mal die erste Runde überstehen und bei den einfachsten Bällen patzen.

Dazu gehört auch Wiebke, die gleich nach Malte an der Reihe ist und prompt danebenhaut.

Marvin glaubt, sich gleich wieder wichtig machen zu müssen. »Bist du sicher, dass du das Spiel schon einmal gespielt hast?«, spottet er laut genug, dass es alle hören.

»Bist du sicher, dass dich das was angeht?«, gibt Wiebke zurück und stellt sich an den Rand, wohin ihr Malte, der überraschend auch danebengeschlagen hat, folgt.

Vanessa fliegt ebenfalls schnell aus dem Rennen, und weil ich aus dem Augenwinkel interessiert beobachte, wie sie sich an den Pianoman heranschleicht, anstatt mich auf das Spiel zu konzentrieren, scheide ich als Viertletzte aus. Dann folgt Marvin, und das Endspiel bestreiten Philipp und eines der Musical-Girls, die an diesem Abend nicht zur Probe abbestellt sind.

Ich verschränke die Arme vor der Brust und schaue zu. Ob die wohl auch den Elefantenmenschen, vielleicht in zweiter Besetzung, spielt? Nein, eher nicht. Sie ist mit ihren langen Beinen und den schwarzen Haaren der Typ, der mit Zylinder und Netzstrümpfen affig »Cabaret« singen würde.

Als wäre Tischtennis nicht ein Sport, bei dem man außer Geschick und Schnelligkeit auch Kraft braucht, bewegt sie sich zu allem Überfluss leichtfüßig und anmutig.

Dass das Mädchen ein echter Hingucker ist, finden außer mir auch die meisten anderen im Raum. Viele stehen im Kreis um Philipp und dieses Mädchen herum und bewegen den Kopf von links nach rechts nach links.

Verdammt, sie spielt auch noch richtig gut. Der Ball fliegt mindestens zwanzig Mal von einem Feld ins nächste, mit voller Wucht. Sowohl Philipp als auch das Mädchen arbeiten raumgreifend wie asiatische Profis, täuschen, schmettern, schneiden an. Das Finale ist echt der Renner.

Die meisten feuern das Mädchen an. »Los, Cynthia, das packst du!«

Aha. Cynthia heißt die. Blöder Name. Klingt wie ein elektronisches Musikinstrument.

Am Ende gewinnt Philipp, ganz knapp.

Cynthia kommt mit einem Lächeln wie ein Spotlight auf ihn zu und reicht ihm die Hand. Und das Allerblödeste ist: Sie macht nicht den Eindruck, als hätte sie Philipp extra gewinnen lassen. Das hat die gar nicht nötig.

Ob Philipp die nett findet?

Und ob mich das was angeht, wie er sie findet?

Irgendwie schlägt mir dieses Mädchen auf den Magen. Ich mag sie nicht.

Sicherheitshalber quetsche ich mich, als wir dann alle in der Sitzecke zusammenhocken, dicht in Philipps Nähe. Kann ja nicht schaden, wenn andere glauben, er sei besetzt.

Aber Cynthia ist hartnäckig und drängt ihm ein Gespräch auf. Für meinen Geschmack ist Philipp ihr gegenüber viel zu höflich.

Was anderes als Höflichkeit kann es ja nicht sein, dass er antwortet und sogar selbst Fragen stellt, was sie denn für ein Musical proben und welche Rolle sie spielt und so ein langweiliges Zeug.

Von meinem eigenen Engpass werde ich abgelenkt, als ich zur Tür blicke und Pretty Woman hineintrippelt. Sie hat ihr Kleid gleich anbehalten.

Ist ja nicht zu fassen! Hinter ihr schlurft Nasi, eine Hand lässig um ihre Schultern gelegt, mit der anderen ausholend gestikulierend, während er auf sie einredet.

Wie durch Telepathie finde ich Wiebkes Blick, und

wir grinsen uns an. Wiebke zeigt mir den erhobenen Daumen. Sieht so aus, als brauche Nasi keine Hilfe mehr.

Nasi ist ganz versunken, voll konzentriert, und führt Pretty zu der Couch, die etwas abseits des allgemeinen Trubels steht. Ich sehe, dass sie sich irgendwie aus seinem Griff winden möchte, aber nicht beherzt genug. Unglaublich, Nasi hat tatsächlich ein Opfer gefunden!

Pretty setzt sich auf die Couch, zieht ihren Rock über die Knie – schon erstaunlich, wie sich Menschen verändern, wenn sie verkleidet sind. Sie verhält sich echt so, wie es die Frauen in alten Elvis-Presley-Filmen immer tun. Sie lächelt kokett, neigt das Köpfchen, schlägt die schlanken Fesseln übereinander, nur Nasi in seiner Cordhose passt irgendwie nicht ins Bild. Er müsste ein weißes Jackett mit Glitzer tragen, darunter ein Hemd, aus dem die Brusthaare hervorquellen.

Während sich neben mir Cynthias Lachen alarmierend harmonisch mit Philipps mischt, geht mein Blick wieder zu Wiebke, die nun mit einem Lachkrampf kämpft. Malte steht vor ihr, tuschelt ihr immer wieder was ins Ohr und macht Faxen. Manchmal tuschelt Wiebke was zurück, dann wieder schaut sie sich unsicher um, als habe sie Angst, alle Leute würden sie beobachten.

Malte reißt sich einen Schokoriegel auf und lässt Wiebke davon abbeißen. Meine moppelige Freundin wäre nicht sie selbst, wenn sie das Angebot ablehnen würde. Das sieht irgendwie sehr … freundschaftlich aus, wie die beiden sich da den Schokoriegel teilen, finde ich und fühle so etwas wie netten Neid. Philipp und ich würden uns auch locker einen Schokoriegel teilen, aber im Augenblick käme ihm sicher nicht die Idee, mich abbeißen zu lassen.

Und der Neid, den ich fühle, während er sich so ausgiebig mit Cynthia unterhält, ist jenseits von allem, was man als nett bezeichnen könnte.

Weil mir absolut nichts einfällt, wie ich mich an dem Gespräch zwischen Philipp und Cynthia beteiligen könnte, und ich mich irgendwie ausgeschlossen fühle, stehe ich auf und schlendere, die Hände in den Hosentaschen, zum Getränkeautomaten, um mir eine Cherry Cola zu holen.

Nasi sitzt inzwischen allein auf der Couch. Alle Spannkraft ist ihm abhanden gekommen. Er hängt da mit krummem Rücken, die Beine weit gespreizt, und nuckelt mit hervorgeschobener Unterlippe an seiner Cola.

Wahrscheinlich hat er sich bei Pretty verausgabt, alle Versuche sind im Nichts verlaufen, und nun glaubt er, es komme eh nicht mehr darauf an, Haltung zu bewahren.

Ich werfe mich neben ihn und ziehe meine babyblaue Sweatjacke aus, weil sich in den Räumen die Hitze des Tages staut. In dem Shirt mit den Spaghettiträgern sieht man, dass meine Haut noch locker ein paar Sonnenstrahlen vertragen kann. »Und? Darf man gratulieren?«

»Zur Absage Nummer 25? Dass mein Status als Niemand nun in Stein gemeißelt ist? Jo, darfst mir gratulieren, wenn es dich freut.«

Nö, von Freuen kann keine Rede sein. Ich bin doch kein Monster. Meine Neugier ist allerdings geweckt. »Was heißt denn Absage konkret?«

»Na, was wohl! Sie will nicht mit mir gehen. Aus die Maus.«

»Du hast sie gefragt, ob sie mit dir gehen will?« Das ist ja wohl ein Witz.

»Ja, was denn sonst? Auf die Frage, ob sie mit dir lieber jetzt oder erst nach der Cola in die Kiste springen wollen, reagieren die Mädels in der Regel eher übel.«

Dummerweise werden meine Wangen wieder heiß. Ich hoffe, dass man das nicht sieht, da ich heute die größte Brille trage, eines meiner Lieblingsstücke, gelb getönt und von der Form her einer Skibrille nachempfunden, aber natürlich viel süßer und partytauglich.

Eigentlich will ich mit Nasi nicht darüber reden, was ihn denn so dringend treibt, eine Freundin zu haben und diese »in die Kiste« zu bringen, also rette ich mich ins Kackfreche. »Findest du die Frage nicht ein bisschen plump? ›Willst du mit mir gehen‹ klingt nach einem Schlagertext aus den Achtzigerjahren.«

»Irrtum, Schokolilly«, er rückt näher an mich

heran und fummelt mit den Fingern an meiner nackten Schulter herum, als würde er einen Flusen wegwischen, »das hat Nena gerade noch besungen!«

»… was meine Meinung nur bestätigt«, setze ich grinsend nach und rücke von ihm ab. Ich mag keine Fummelfinger auf meiner Schulter und verschränke nun auch die Arme.

»Ach, Brillilly«, seufzt er theatralisch und richtet den Blick an die Decke, als fände er da Antworten auf ungestellte Fragen. »Du hast so ein schlaues Köpfchen, kannst bestimmt alle Vokabeln ohne stundenlange Paukerei und weißt aus dem Kopf, wann die Französische Revolution war. Aber …« Er wendet mir wieder sein Gesicht zu. Ich gucke ihn an und mache, um ihn hochzunehmen, eine Deppengrimasse, indem ich die Mundwinkel hinabziehe. Was kommt jetzt? »… deine Naivität ist wirklich sträflich. Du hast noch überhaupt keine Ahnung, was Männer und Frauen zueinander hinzieht.«

Bestimmt nicht deine dummen Sprüche. »Hauptsache, du weißt das. Dann wird das schon noch klappen mit deinen Flirtversuchen. Nimmst du eigentlich jede, die bei drei nicht auf den Bäumen ist, oder gibt es irgendwelche Auswahlkriterien?«

Er lacht. Das macht ihn um exakt ein Atomteilchen sympathischer. Ich lache mit.

Während er seine Unterlippe wieder wie eine Schublade vorschiebt, um Cola reinzukippen, fällt mein Blick auf Vanessa, die dem Pianoman so dicht auf die Pelle rückt, dass sie fast auf seinem Schoß sitzt.

Alarmiert richte ich mich auf. Ja, spinnt die denn? Sie peilt nicht, dass gleich drei der Tanzmäuse zu Ratten mutieren, die sich am liebsten auf sie stürzen wollen. Ist doch klar, dass die längst ausgekaspert haben, wer sich den Pianoman angelt, und da kommt eine Fremde wie Vanessa ihnen in die Quere.

Auch wenn die Musical-Mäuse untereinander herbe Gefechte führen sollten, so fühlen sie sich doch todsicher eisern zusammengeschmiedet, wenn ein Alien in ihrem Revier räubert.

Die mit dem frechsten Blick und einem Duft von My Melody um sich – Daniela – baut sich, die Brust weit nach vorn gereckt, auch prompt vor Vanessa auf. »Sag mal, du gehörst doch hier zum Personal. Willst du nicht mal dafür sorgen, dass wir alle eine Cola bekommen?«

Hoppala!

Schweigen senkt sich von der Kellerdecke herab, als hätte ein Cowboy im Saloon gefragt, wer sein Pferd rot angemalt hat.

Im Geiste schicke ich Vanessa tausend schlagfertige Antworten. Sie greift gern in die falsche Kiste, verschlimmert alles nur noch. So auch dieses Mal.

In Zeitlupe steht sie auf, fixiert die Ratte und lässt den Frostblick zum Ausschnitt von Danielas Shirt gleiten, wo an einer Ecke ein Stück Papiertuch zu sehen ist.

»Ich gehöre nicht zum Personal, und wie der Getränkeautomat zu bedienen ist, steht auf dem Kasten in Großbuchstaben. Du bist dort ganz allein und hättest gleich auch noch Gelegenheit, deinen BH sorgfältiger auszustopfen.«

Damit hat sie die Lacher auf ihrer Seite – und eine Feindin auf Lebenszeit. Wahrscheinlich werden die beiden noch als Omas mit den Krücken aufeinander einschlagen. Oder, wenn eine der beiden eher stirbt und die andere besucht hämisch grinsend ihr Grab, um einen Kaktus darauf zu pflanzen, wird eine Hand aus der Gruft kommen und die Greisin an der faltigen Kehle packen, um sie ebenfalls unter die Erde zu ziehen.

Wie auch immer – Jungs nennen so was Zickenalarm, was genau genommen falsch ist, denn Vanessa hat sich ja eigentlich nur gewehrt. Aber wer angefangen hat und wer schuld ist, das fragt dann keiner mehr. Es heißt dann immer nur: »Vertragt euch wieder« oder »Sind wir denn im Kindergarten?«, und diejenige, der Unrecht getan wurde – in dem Fall Vanessa, wie ich finde – wird nur noch unbeliebter, wenn sie klarstellen will, dass es sich um reine Notwehr gehandelt hat.

Daniela sträuben sich die Flusen auf dem Kopf.

Zum Glück steht Pianoman auf, um ihr den Arm um die Schultern zu legen und sie wegzuführen; sonst hätte es wahrscheinlich ein hemmungsloses Damencatchen gegeben.

Während sich die Musical-Girlies um ihre gedemütigte Mitmaus scharen, bilden Wiebke, Philipp, Malte, Marvin, Nasi und ich einen Kreis um Vanessa.

Nasi biegt anerkennend die Mundwinkel herab. »Nicht schlecht, Herr Specht!«

Von richtigen und falschen Signalen

An diesem Abend kommt keine Stimmung mehr auf, jedenfalls für mich nicht. Erst die Sache mit Cynthia, dann die Bekenntnisse des Nasi G., schließlich die Kriegserklärung zwischen Vanessa und Daniela … Aus meiner Sicht können wir das muntere Beisammensein auch beenden, aber als Erste und alleine will ich auch nicht aufbrechen.

Schon gar nicht, solange diese Cynthia meinen Philipp noch in den Krallen hält. Gut, er ist nicht »mein« Philipp. Aber eben doch mehr meiner als ihrer. Ich überlege mir jetzt schon einmal, wie ich ihm später klarmachen werde, dass es keine Art ist, mit fremden Tussis den ganzen Abend zu plaudern, sich belabern zu lassen, bis das Ohr blutet, und mich überhaupt nicht zu beachten. Oder so ähnlich jedenfalls. Irgendwie cooler sollte es schon klingen.

Die anderen machen keine Anstalten, sich zu verabschieden. Malte klebt an Wiebke wie ein hungriges Baby an der Mutterbrust. Ich beobachte, wie sie immer wieder halbherzig versucht, ihn abzuschütteln, sich irgendwo hinzusetzen, sich mit anderen zu unterhalten, aber er ist immer an ihrer Seite, lauscht, wenn sie mit anderen redet, lacht, wenn sie einen Gag macht, und immer öfter sieht man nun auch Wiebke trotz aller inneren Not lächeln, wenn Malte etwas sagt. Meist hält sie dann aber die Hand vor den Mund, als käme es ungewollt über sie, und so isses wohl auch.

Wiebke strengt sich mächtig an, Malte für einen Kotzbrocken zu halten, aber ganz offensichtlich ist er das nicht.

Nasi sitzt mit den anderen zusammen, ist aber nun wieder geistig entfernt, etwa drei Meter, um genau zu sein.

Er stiert zu den Tanzmäusen und knabbert dabei an den Fingernägeln.

Die Gesten und die abweisenden Mienen der Mädels zeigen aber überdeutlich, dass er die falschen Signale sendet. Pretty scheint auch nicht zu seinem Ruhm beizutragen. Sie ist von einigen Freundinnen umringt. Immer wieder wallt ein Lachen aus der Gruppe. Dummerweise blicken sie dann alle in Nasis Richtung. Irgendwie tut er mir nun leid, unser Minikoch. Das hat er nicht verdient.

Marvin und Vanessa haben die Köpfe zusammengesteckt, tuscheln und kichern. Ob er sich bei ihr nach dem Inhalt ihres eigenen BHs erkundigt?

Einige der Franzosen stellen sich dazu. Die meisten sprechen ein bisschen Deutsch, aber untereinander reden sie natürlich in ihrer Muttersprache.

»Elle est vachement impertinente, ton amie?«, fragt mich Luc, wohl in dem Glauben, ich würde mit

»Hä?« antworten. »Est-ce qu'elle est toujours tellement lunatique?«

In solchen Fällen bin ich immer froh, dass ich mehrere Sprachen in den Grundlagen beherrsche und durchaus verstanden habe, dass er Vanessa für ganz schön unverschämt hält. Aber auf die Frage, ob sie immer so zickig ist, hab ich gleich die passende Antwort parat.

Die Verblüffung in Lucs Gesicht ist es wert, als ich ihm fließend antworte: »Bon, elle souffre! Mais c'est juste une tare congénitale.«

Die anderen Franzosen lachen, meine deutschen Freunde belabern mich, ich solle übersetzen. Aber das meiste, was die Jungs aus der Bretagne absondern, ist es ohnehin nicht wert, wiederholt zu werden. »Ich habe nur erklärt, dass Vanessas Zickigkeit ein Geburtsfehler ist und sie selbst darunter leidet«, sage ich grinsend.

Die Franzosen schreien nach Bier – »Bordelle de merde ici!« –, was es selbstverständlich hier nicht gibt (von wegen Saustall!), und Luc unterbreitet Vanessa ein unmoralisches Angebot. »Si tu n'a pas encore une place pour roupiller, nous avons une couche pour toi«, was sie mit einem zauberhaften Lächeln quittiert, da sie es völlig missdeutet. Vielleicht sollte ich sie mal drauf hinweisen, dass ihr eben ein Schlafplatz bei den Jungs angeboten wurde.

Zufällig fällt mein Blick auf André, der nur darauf gewartet zu haben scheint, denn er kneift filmreif ein

Auge zu und spitzt die Lippen in meine Richtung. Wo haben sie den denn rausgelassen? Ich schwanke zwischen Schock und Belustigung, und auf die Schnelle fällt mir auch nichts ein, wie ich ihm diese Mätzchen austreiben könnte. Besser, sich um Vanessa zu sorgen als um mich selbst!

»Du solltest diese Typen nicht zu ernst nehmen«, flüstere ich ihr zu, bevor sie sich blamiert. Sie scheint nun auch Luc für den heutigen Abend in die engere Auswahl genommen zu haben.

»Was du immer hast«, erwidert Vanessa. »Was ist denn schon dabei. Ist doch nur ein bisschen Spaß. Hast du Leo irgendwo gesehen?«

»Nein. Bestimmt tröstet er irgendwo die Tanzmaus.«

»Pah! Die hat doch gar nicht seine Klasse!«, erwidert Vanessa im Brustton der Überzeugung.

Vanessa hat wirklich einen ganz Sack voller Probleme. Ich selbst nun, da André mir wieder den Rücken zugedreht hat und mir seine Baggergrimassen erspart, dagegen nur eines, und das sitzt immer noch viel zu dicht an Philipp.

Malte und Wiebke lehnen am Billardtisch, und ich kriege mit einem Ohr mit, worüber sie sich unterhalten.

»In drei Tagen fahren wir schon wieder nach Hause«, sagt Malte.

Wiebke erschrickt. »Ach ja! Ist die Zeit schon um. Das ging aber schnell«, sagt sie.

»Und ich habe kaum was von der Gegend hier gesehen. Immer nur den Ascheplatz und die Latten des Fußballtores.« Er grinst.

»Na, deswegen seid ihr doch hierhergekommen. Zum Training. Hat es denn was gebracht?«

Malte klopft sich auf den Bauch. »Mindestens zwei Kilo«, sagt er, und Wiebke stimmt in sein Lachen ein. Ich riskiere einen Blick und sehe, wie Malte mit roten Wangen auf den Boden starrt. Endlich kriegt er den Mund wieder auf: »Ich frage mich gerade, ob du vielleicht morgen Zeit hast, mit mir eine Sightseeingtour zu machen. Man kann sich doch hier Räder leihen ...«

Wiebke beißt sich auf die Unterlippe, schaut nach rechts und nach links. »Weiß nicht.«

Er lächelt und neigt den Kopf, blickt ihr in die Augen, wie ich beobachte. »Wann weißt du denn?«

»Weiß ich auch nicht.«

Jetzt müssen sie beide lachen, und Wiebke wechselt rasch das Thema.

Ich fordere Philipp zu einem Match an der Tischtennisplatte heraus, um ihn endlich aus den Klauen dieses Cynthesizers zu befreien. Sicher ist er mir dafür dankbar, oder?

Ich gebe alles, schmettere den Ball über das Netz, aber Philipp ist einfach zu gut und zu trainiert.

Als er mich 21 zu 17 geschlagen hat, klatscht Cynthia, die das Spiel als Einzige beobachtet hat, erfreut in die Hände.

Heute geht mir aber alles nur noch auf den Zeiger.

Zum Glück erinnern sich nun Wiebke und Vanessa daran, dass sie den letzten Bus nach Hause kriegen müssen.

»Vanessa, sollen wir?«, ruft Wiebke ihr zu, als sie gerade mit Händen und Füßen mit Luc kommuniziert, während seine Freunde sich schlapp lachen.

»Hey, es ist sowieso gleich Sperrstunde«, rufe ich. »Gleich kommt der Nachtwächter.«

Wir verbreiten Aufbruchstimmung und stecken die anderen damit an.

Bald leeren sich die Kellerräume, alle traben lachend und labernd die Treppen zu ihren Zimmern hinauf.

»Tschüss, Lilly«, sagt Philipp, als wir an der Eingangstür im Erdgeschoss sind. »Bis morgen zum Frühstück.«

»Das kannste vergessen«, entfährt es mir viel zu heftig.

Philipp zieht die Brauen zusammen. »Okay«, sagt er lang gezogen und wartet einen Moment, aber als nichts kommt, fragt er nach: »Irgendeine Erklärung?«

Ich ärgere mich schon längst über mich selbst und suche nun nach den richtigen Worten. »Croissants machen dick.«

Philipp grinst von einem Ohr zum anderen. »Reden wir morgen noch mal drüber, wenn dein Magen knurrt. Okay?«

Ich mache einen Schmollmund, während ich so tue, als würde ich nachdenken. »Okay«, sage ich dann und drehe mich ohne ein weiteres Wort oder ein Lächeln um. An der Treppe nach oben bleibe ich stehen und schaue zurück, um Philipp doch noch ein Tschüss zuzurufen. Aber er ist schon weg.

Gefummel mit Ratte

Bevor Hecke seinen Abendrundgang beginnt, um zu checken, ob nirgendwo mehr ein Teelicht brennt oder eine Herdplatte glimmt, ob alle Feuerlöscher an den Haken hängen und alle Klos ohne Klempnerarbeiten zu benutzen sind, gehe ich, nachdem sich die Türen hinter den Gästen geschlossen haben, selbst noch einmal runter ins Gewölbe, weil ich meine Sweatjacke in der Sitzgruppe vergessen habe.

Soraya kommt mir an der Treppe entgegen, macht einen Buckel und einen buschigen Schwanz, als wäre sie nicht schon massig genug, und faucht mich an. Die langen weißen Eckzähne schimmern in ihrem rosa Mäulchen.

»Pst, Soraya«, zische ich ihr zu, und die Perserkatze hechtet an mir vorbei. Ich drehe mich um, um mich zu vergewissern, dass sie sich nicht von hinten noch mal anschleicht, um mir in die Wade zu beißen. So hinterhältig ist die nämlich. In Angelas Nähe schnurrt und kuscht sie, aber wenn Frauchen nicht da ist, lebt sie ihre natürlichen Charakterschwächen aus: ein echter Teufelsbraten.

Ich lösche im Tischtennisraum das Licht, ziehe die

Tür zu und sehe, dass aus dem Mediaraum noch ein Schimmer dringt. Hat da jemand vergessen, den Bildschirm auszuschalten? Ich husche näher heran.

Da höre ich Stimmen.

Geflüsterte Worte, Rascheln von Kleidung, leises Lachen.

Nanu?

Auf Zehenspitzen schleiche ich mich an und luge um die Ecke. Und da auf den gepolsterten Stühlen sitzen zwei. Genauer gesagt, sitzen sie auf einem. Gemeinsam.

Von hinten erkenne ich Pianoman, breitbeinig auf seinem Schoß sitzt die Tanzratte mit dem gepolsterten Busen, der eigentlich gar keine Polster braucht, wie ich nun überdeutlich erkennen kann. Daniela hat ihr Shirt abgestreift, der BH baumelt an einem Träger von ihrer Schulter, und sie gräbt mit beiden Händen in Leos Haaren herum, während sie ihn küsst und sich von ihm befummeln lässt.

Himmel, hilf!

In einem Reflex drehe ich mich um und überprüfe, ob Hecke in der Nähe ist. Für ein solches Vergehen hat er sich sicher längst eine Höchststrafe ausgedacht.

Aber die Luft ist rein, und theoretisch könnte ich die Tür leise zuziehen und die beiden da machen lassen, was sie mit einer solchen Hingabe betreiben.

Aber ich bleibe noch ein bisschen.

Tanzratte Daniela ist ganz aus dem Häuschen. Sie

wackelt auf seinem Schoß hin und her, als hätte sie Ameisen in der Jeans, und sie wirft den Kopf mal rechts, mal links herum, um immer wieder seinen Mund zu treffen. Aus der Entfernung sehe ich sogar ihre Zungen rotieren.

Einen Moment lang kämpfe ich mit Brechreiz.

Sieht so die Leidenschaft aus? Die beiden sind völlig weggetreten. Ich könnte ein Trompetensolo spielen, und sie würden es nur für ein himmlisches Ständchen halten und sich weiter belecken und befingern.

Leos Hand deckt wie eine Kappe ihre linke Brust ab. Ich ertappe mich dabei, dass ich meine eigene Hand auf mein Shirt lege, um nachzuempfinden, was da passiert, aber ich fühle nichts.

Und wenn Philipp das täte?

Nein. Auch die Vorstellung bewirkt gar nichts. Einfach lächerlich! Und mit seiner Zunge will ich auch nichts zu tun haben. Nachher stößt man da auf Krümel vom Frühstück und findet den anderen von Stund an eklig, obwohl ja jeder mal einen Krümel im Mund haben darf.

Auf jeden Fall hat die Tanzratte ihre Niederlage in einen Sieg gewandelt. Und was für einen!

Ob ich das Vanessa stecken soll? Es wird ihr gewiss nicht gefallen, einen ihrer aussichtsreichsten Kandidaten an ihre Rivalin verloren zu haben. Andererseits – ist es nicht Freundinnenpflicht, sie vor Illusionen zu bewahren?

Ich will erst mal eine Nacht darüber schlafen.

Weil ich für diesen Abend genug gesehen habe, schleiche ich mich unbemerkt wieder nach oben.

An der Treppe verursache ich absichtlich ein lautes Geräusch, indem ich mit dem Fuß gegen einen Eckschrank trete. Die beiden sollen wissen, dass sie hier unten zu nachtschlafender Zeit erwischt werden könnten. So viel Fairness muss sein.

Dann düse ich nach oben, bevor sie nachschauen können, wer sie beobachtet hat.

Ich nehme immer zwei Stufen auf einmal bis ins dritte Stockwerk, reiße, als sei ich auf der Flucht, die Tür zu meinem Zimmer auf und lehne mich innen erst mal für einen Moment dagegen, um zu verschnaufen.

Als ich wieder zu Atem komme, fällt mein Blick auf den Florteppich. Dort liegt ein weißer Umschlag, an mich adressiert.

Ein weiterer Erguss meines heimlichen Verehrers.

Wer hat Talent zum Küssen?

Ich führe kein Tagebuch. Dafür habe ich keine Zeit, obwohl es mir manchmal leidtut. Immerhin passiert gerade so viel in der Villa Wildsee, dass ich dicke Wälzer schreiben könnte. War ja nicht immer so!

Andererseits habe ich dafür meine Mom, die sich für alle Ereignisse in meinem Leben heftig interessiert und alle großen und mittleren Katastrophen und Kapriolen für ihre Jugendromane verwertet. Das wirklich Blöde ist, dass sie sich dabei nie an die Wahrheit hält.

Ich erzähle ihr zum Beispiel, dass ich mich mit Jan aus meiner Klasse gefetzt habe. Sie macht daraus dann gleich einen Flirtversuch, als wären alle Leute, die sich streiten, in Wirklichkeit ineinander verliebt. Schon oft habe ich mich darüber geärgert, aber Mom kann es nicht lassen. Immer wieder rutscht mir etwas scheinbar Harmloses, Belangloses heraus, und Mom spinnt ein ganzes Kapitel drum herum.

Manchmal versuche ich, sie dazu zu bringen, Leute, die ich nicht ausstehen kann, irgendwelche unangenehmen Dinge erleben zu lassen. Einmal habe ich ihr vorgeschlagen, einen Fantasy-Horror-Roman zu schreiben, in dem Valentin eine Hauptrolle spielt – natürlich nicht als Held, sondern als Loser. Aber darauf lässt sich Mom nicht ein. Sie behauptet, meine privaten Vorlieben würden ihr die Dramaturgie vermasseln.

Im Moment gibt es eine ganze Reihe von Dingen, die mich beschäftigen und die ich gern mit Mom besprechen würde. Wie ich Philipp am besten zeigen kann, dass ich beleidigt bin, und wann ich bloß wieder damit aufhören soll.

Warum die meisten Leute Flirten interessanter finden als Seeschlachten.

Was in einem Typen wie Nasi vorgeht, der jammert, dass er keine Freundin hat, anstatt darauf zu warten, dass er sich verliebt.

Aber ein Erlebnis brennt mir besonders heiß unter den Nägeln. Ob ich die richtigen Worte finde, um zu beschreiben, was ich im Mediaraum erlebt und wie ich mich dabei gefühlt habe? Ich öffne mal das Mailprogramm.

Hi Mom,
erinnerst Du Dich, wie Du mich bei unserem letzten Treffen gefragt hast, wie ernst die Freundschaft mit Philipp ist und dass ich mit Dir reden soll, wenn ich das Gefühl hätte, ein Besuch beim Frauenarzt könnte nichts schaden? Ich hab da gelacht, und Du hast noch ein bisschen besorgter geguckt. Heute habe ich miterleben müssen, wie eine, die dringend zum

Frauenarzt sollte, sich benimmt, und Du kannst hundertpro sicher sein, dass das nicht meine Welt ist. Eine so ekelhafte Ableckerei kommt für mich ganz sicher nie infrage. Ich verstehe überhaupt nicht, dass Leute an so etwas Spaß haben.
Ich habe den beiden eine Weile zugeschaut. Sie wirkten total versunken und hatten sich sogar halb ausgezogen! Stell Dir das mal vor! Irgendwie nicht ganz normal. Ob sich alle so verhalten, wenn sie verknallt sind? Wie war das bei Dir und Papa? Ich kann mir nicht vorstellen, dass Ihr Euch so albern benommen habt. Obwohl Ihr ja sicher auch verliebt wart, oder?

In mich ist auch einer verliebt. Irgendeine Dumpfbacke. Doch deswegen muss ich bestimmt nicht zum Gyn. Der Typ müsste viel eher zu einem Psychiater – und ich zu einem Privatdetektiv!
Denn stell dir vor: Ich bekomme seit einigen Tagen Liebesbriefe – anonym! Und was für welche. Von mir aus darfst du das gerne in Deinem nächsten Roman verwenden, wenn Du es nicht zu lachhaft findest.
Hier kannst Du mal lesen, was er mir heute geschrieben hat:

Du bist so schön, Du bist so klug,
von Dir, da krieg ich nie genug.
In meinen Armen sollst Du liegen,
mit mir zum Uranus und Jupiter fliegen.
Ich träume jede Nacht von Dir,
ich bin beschwipst fast wie von Bier,

wenn Du in meiner Nähe bist.
Ich wünsch mir, dass Du nie vergisst,
wie treu und ehrlich ich Dich mag.
Ich wünsch Dir einen guten Tag.

Entweder hat der Typ den Knall nicht gehört, oder er versucht mich zu verarschen. Was hältst Du davon? Und hast Du eine Ahnung, wie ich herausfinden kann, wer er ist?
Ich freue mich auf Deine Antwort und hab Dich ganz doll lieb.
Deine Lilly

Ich brauche nie lange zu warten, bis meine Mom antwortet. Das liegt daran, dass sie die meiste Zeit in ihrem Arbeitszimmer mit Blick auf den Hamburger Hafen an ihrem PC sitzt und arbeitet. Wenn eine Mail bei ihr eintrudelt, spricht eine melodische Stimme aus den Boxen zu ihr – »Sie haben E-Mail erhalten« –, und sie kann sie gleich abrufen. Nicht auf alle reagiert sie sofort, wie ich weiß, aber wenn ihr Töchterchen sich meldet, lässt sie schon mal alles stehen und liegen, um zu antworten. Und tatsächlich: Keine zehn Minuten später blinkt ein kleiner Briefumschlag auf meinem Bildschirm auf.

Lieber Spatz,
da hast Du also zugeschaut, wie zwei Leute sich küssen, und fandest es ekelhaft? Du kannst aber sicher

sein, dass die beiden, die da Intimitäten ausgetauscht haben, es alles andere als ekelhaft fanden. Wenn man verliebt ist, macht man viele Dinge, die andere nichts angehen. Man muss sich nur einig sein, dass es beiden gefällt, dann ist daran überhaupt nichts Schlimmes. Und je erregter man ist, desto eher vergisst man alles um sich herum. Dass die beiden sich da halb ausgezogen haben, obwohl sie doch damit rechnen müssen, dass jemand sie beobachten könnte, finde ich allerdings nicht so ganz okay. Wenn sie alt genug sind für Petting, sollten sie auch alt genug sein, einen Ort zu wählen, wo sie wirklich ungestört sind.

Lass das mal einfach alles auf Dich zukommen, Schatz. Du wirst es ganz bestimmt merken, wenn Du so verliebt bist, dass Du fast in den anderen hineinkriechen möchtest, weil Du ihm so nah sein willst. Das ist ein wirklich wunderbares Gefühl, und das lernst Du bestimmt bald kennen.

Natürlich haben Dein Papa und ich früher auch geknutscht ohne Ende. Das ist doch das Allerschönste, wenn man verliebt ist. Und Dein Vater war ein richtiges Talent im Küssen! Keiner konnte das besser als er.

Wie aufregend, dass Du einen heimlichen Verehrer hast! Ich freue mich sehr für Dich. Dass Dir seine Gedichte nicht so gut gefallen, muss nicht heißen, dass er auch so ein schmalziger Typ ist. Vielleicht hat er nur keine Ahnung, wie er Dein Interesse wecken soll. Jungs sind mindestens so unsicher wie Mädchen, wenn es um das Verliebtsein geht. Sei nicht zu hart mit ihm, wenn Du herausfindest, wer es ist. Und ich bin sicher, das wirst Du bald. Natürlich wird Dein Briefschreiber die Hauptperson in meinem nächsten Roman. Ich mache einen richtig coolen Typen aus ihm – versprochen!

Schlaf gut, Schätzchen!

Mama

Bevor ich den Laptop ausschalte, nehme ich mir vor, Mom in der nächsten Mail zu fragen, wie man einen talentierten von einem untalentierten Küsser unterscheiden kann. Und woher sie das so genau weiß. Ich habe immer angenommen, sie hätte niemals einen anderen Mann als Papa geküsst. Schließlich haben sich die beiden mit 15 bereits kennengelernt. Das wäre ja ein Ding, wenn sie vorher schon mit Jungs herumgemacht hätte.

Meine Mom, die Flirtrakete. Hihi.

Wie sagen wir es Vanessa?

Mit keinem Wort erwähnt Philipp am nächsten Morgen meine Zickattacke vom Abend, was ich ihm hoch anrechne. Frühstück mit ihm ist so kuschelig wie jeden Tag, und von den Croissants ziehe ich mir gleich drei rein. Auf den Magen geschlagen ist mir Philipps Techtelmechtel mit dieser Cynthia jedenfalls nicht.

Später in der Schule gibt es für unser Kleeblatt kein anderes Thema als den Abend in der Villa.

Vanessa hat ein Blatt Papier mit zwei senkrechten Strichen durchzogen. Über der ersten Spalte steht »Marvin«, über der zweiten »Luc«, über der dritten »Leo«. Unter jedem Namen hat sie aufgeschrieben, was ihr an dem Typen am besten gefällt.

Zu meinem Entsetzen ist die Spalte unter Pianoman ganz vollgekrakelt. Ihr Favorit! Auch das noch.

Als Wiebke und ich um zehn Uhr eine Freistunde haben, weil der Religionslehrer krank ist, setzen wir uns in der »Grotte«, dem Aufenthaltsraum der Schule, zusammen.

Wiebke öffnet eine große rechteckige Tupperbox, in der ordentlich gestapelt mehrere Sandwichs liegen. Ich schäle mir eine Banane.

»Kommst du heute Nachmittag?«, frage ich.

Wiebke nickt und wartet, bis sie zu Ende gekaut und geschluckt hat, bevor sie antwortet. »Klar. Sofort nach den Hausaufgaben. Was machen denn die Kölner heute?«, fügte sie betont beiläufig hinzu, als interessiere es sie nicht wirklich.

»Ich nehme an, dasselbe wie jeden Nachmittag: Training. Aber gegen halb sechs sind die ja meistens fertig.«

»Eigentlich erstaunlich.«

»Was jetzt?«

»Dass Malte so dick ist, obwohl er doch jeden Tag Sport macht. Mir hat mal jemand gesagt, es würde ausreichen, jeden Tag Sport zu treiben. Dann würde man auch nicht fett werden.«

»Vielleicht ist sein Wachstum verzögert«, gebe ich zu bedenken. »Vielleicht isst er ganz normal und geht statt in die Höhe in die Breite.«

Wiebke kichert. »Das wäre eine gute Erklärung. Am besten warte ich so lange, bis der Wachstumsschub einsetzt. Denn weißt du«, sie rückt näher an mich heran und flüstert nun, »das ist schon ein toller Typ, der Malte.«

»Das finde ich auch«, stimme ich zu und warte, dass sie weiterspricht.

»Bei ihm habe ich zum ersten Mal das Gefühl, dass er mich ernst nimmt und mich so akzeptiert, wie ich bin. Bei den Typen aus unserer Klasse denke ich immer, die reden erst normal mit mir, und wenn ich mich umdrehe, lachen sie sich schlapp über meinen dicken Hintern.«

»Ich finde dich überhaupt nicht zu dick«, erwidere ich. »Vielleicht hast du ja auch eine Wachstumsstörung.«

»Jetzt guck dir mal mein Bein an.« Sie streckt es in der Jeans aus und zieht an meinem, um es zum Vergleich daneben zu sehen. Okay, sie hat nicht ganz unrecht. Neben meiner schlanken Wade sieht ihre aus wie ein Baumstamm. Das war mir so vorher nur nicht ins Auge gesprungen. Schließlich besteht Wiebke aus mehr als einem Bein.

Ich greife in ihre Tupperware und klaue ihr eins der Sandwichs. Freundschaftsdienst, sozusagen. Obwohl ich nicht verstehe, warum Wiebke daraus so ein Thema macht. Aber das liegt vielleicht daran, dass ich selbst nie ein Problem mit meiner Figur hatte. Vielleicht kommt das ja noch auf mich zu? Ich esse eigentlich für drei, aber es wabbelt noch nirgendwo. Meine Mom ist auch ziemlich groß und schlank, vielleicht habe ich einfach freundliche Gene in der Hinsicht.

»Um wie viel Uhr reisen die Kölner eigentlich übermorgen wieder ab?«, erkundigt sich Wiebke.

Ich grinse sie an. »Keine Sorge, du wirst deinen Malte schon noch wiedersehen.«

Sie errötet pink. »Ach, darum geht es doch gar nicht. Mir doch egal, ob ich den noch mal sehe oder nicht.«

»Ob er dich zum Abschied küssen wird?«, entfährt es mir, ohne dass ich darüber nachdenke, aber das Bild von Pianoman und Tanzmaus geht mir nicht aus dem Kopf.

»Bist du wahnsinnig?«, fährt Wiebke mich an. »Das stelle ich mir voll eklig vor.«

»Da sind wir ja schon zwei«, stimme ich ihr zu. »Weißt du …« Verschwörerisch senke ich die Stimme. »Mir ist da gestern was passiert. Ich will in mein Zimmer und merke, ich habe meine Jacke vergessen, gehe noch mal in den Keller, und was muss ich da miterleben?« Mom wäre stolz auf mich. So baut man Spannung auf. Wiebke ist auch tatsächlich ganz Ohr.

Ich schildere ihr, in welcher Haltung ich Pianoman und Daniela angetroffen habe, dass das Mädchen halb nackt auf seinem Schoß gesessen hat und wie sie sich mit herausgestreckten Zungen abgeknutscht haben.

»Wow«, macht Wiebke nur.

»Wow? Was soll das heißen?«

»Na, das hört sich doch an, als hätte es denen richtig Spaß gemacht. Ich glaube, so schlimm ist das wirklich nicht, wenn man in einen verliebt ist. Es ist nur eklig, wenn man anderen dabei zusieht, oder mit jemandem, den man nicht mag oder der sabbert.«

»Meinst du wirklich?«

Sie nickt ernsthaft.

Ich denke einen Moment darüber nach und greife

mir das letzte Sandwich ab. Wiebke lässt es kommentarlos geschehen. »Wie sagen wir es Vanessa?«, frage ich.

Wiebke blickt mich an. »Ach, du Scheiße. Du hast recht. Bist du sicher, dass es diese Tussi mit dem ausgestopften Busen war?«

»Absolut. Und ihr BH war definitiv nicht mehr ausgestopft.«

»Vanessa kriegt einen Anfall, wenn wir ihr das erzählen.«

»Das ist die Frage. Sollen wir es ihr erzählen oder nicht?«

»Müssen wir«, meint Wiebke. »Dieser Leo steht doch ganz oben auf ihrer Liste.«

»Schon«, stimme ich zu. »Und zu ihm hat sie am meisten geschrieben. Ob das wohl bedeutet, dass sie am meisten in ihn verliebt ist und erst an zweiter Stelle in Marvin und in Luc?« Ach, ach, ach. Wie kompliziert das ist mit der Verliebtheit. Ich bin echt froh, dass ich bislang verschont geblieben bin.

»Also, zu viel Rücksichtnahme finde ich übertrieben!«, meint Wiebke. »Und sollen wir tatenlos zusehen, wie sie ihn anbaggert, obwohl sie nicht die kleinste Chance bei ihm hat?«

»Weiß man ja nicht, ob sie wirklich keine Chance hat!«, gebe ich zu bedenken. »Vielleicht knutscht Leo jeden Abend mit einer anderen, und einmal wäre dann auch Vanessa dran.«

»Was für eine Aussicht«, spottet Wiebke. »Wie in

einem Wartezimmer, in dem man Nummern ziehen muss, damit man weiß, wann man dran ist.«

Als der Pausengong ertönt, haben wir uns die Worte so weit zurechtgelegt, dass wir einigermaßen vorbereitet sind. Wir beschließen aber, Vanessa nicht in der Schule von der unangenehmen Entwicklung in liebestechnischer Hinsicht zu erzählen, sondern am Nachmittag in entspannter Atmosphäre. Falls sie umfällt, können wir uns dann gleich um sie kümmern und Erste Hilfe leisten, ohne dass es die ganze Schule mitbekommt.

Schlachtpläne

»Aaaaaaaaaahhhh!«

Ich schließe in meinem Zimmer das Fenster, das ich geöffnet hatte, um die warme Abendluft hereinzulassen. Vanessas Geschrei würde sonst sämtliche Gäste und die komplette Belegschaft der Villa Wildsee alarmieren.

Vanessa liegt auf dem Teppich in meinem Zimmer und trommelt mit den Fäusten auf den Boden. Die langen Haare fallen wie ein Schleier über ihren Kopf und fliegen hin und her, während sie einen Trauergesang anstimmt.

Wiebke und ich schauen uns mit großen Augen an. Wiebke knabbert an dem Knöchel ihres Zeigefingers, ich hocke mich neben Vanessa und lege ihr eine Hand auf den Rücken.

»Alles wird gut«, murmele ich hilflos. »Alles wird gut.« Aber meine Worte dringen nicht zu Vanessa durch, die immer noch ausflippt.

»Warum diese Zimtzicke? Warum ausgerechnet dieses Miststück?«, bricht es aus ihr immer und immer wieder hervor. »Was für eine Demütigung! Ich werde das nicht überleben!« Vanessas Reaktion auf unsere schonend verpackte Mitteilung, dass Leo ihr verloren gegangen ist, ist noch heftiger, als wir uns das ausgemalt haben. Sie kriegt sich gar nicht mehr ein.

»Du hast doch auch immer noch Marvin und Luc!«, gibt Wiebke zu bedenken. Und ich nicke ihr anerkennend zu. So ist es richtig. Wir müssen Vanessa mit Nachdruck auf die vielen positiven Seiten ihres Liebeslebens hinweisen.

»Aaaaaaaaaahhhh. Die will ich nicht! Das sind alles Kindsköpfe! Der einzige Mann, den ich je geliebt habe, ist Leo! Und er betrügt mich mit einer anderen. Mit meiner Rivalin!«

Vanessas ausgeprägter Hang zur Theatralik bricht hier hervor. Wiebke und mir ist jedenfalls vorher nicht klar gewesen, wie tief ihre Zuneigung zu Pianoman geht.

Doch plötzlich ist der Spuk vorbei.

Vanessa richtet sich auf, streift sich mit dem Handrücken den Rotz von der Nase und schnauft laut in das Taschentuch, das ich ihr reiche. Dann wischt sie mit beiden Händen unter ihren Augen entlang, wo die Wimperntusche zu dunkelgrauen Seen verschwommen ist.

»Wann reisen die Kölner ab?«, fragt sie plötzlich völlig klar und gefasst.

»Übermorgen«, antwortet Wiebke.

Vanessas Miene verzieht sich, als wolle sie wieder anfangen zu flennen. »Dann habe ich ja nur noch zwei Tage für Marvin. Das wird knapp«, murmelt sie. »Und wann fahren die Franzosen wieder?«

»Die sind am Mittwoch weg«, erkläre ich. »Du meinst wegen Luc?«

Sie nickt. »Wenn ich es mir so recht überlege, ist er sowieso der süßere Typ. Und was sind schon ein achtzehnjähriger Klavierspieler oder ein deutscher Kicker gegen einen echten Franzosen?«

»Das geht ja flott bei dir«, murmelt Wiebke.

Ich kann ihr nur zustimmen. Genauso leicht, wie sie aus der Fassung zu bringen ist, schafft Vanessa es auch, sich neu zu orientieren. Und sei es mit der dritten Wahl.

»Weißt du, Vanessa, bei Luc würde ich ein bisschen vorsichtig sein. Die haben nicht besonders nette Sachen gesagt, finde ich.«

»Wie meinst du das?«, will Vanessa wissen.

Ich überlege, ob ich ihr erklären soll, dass sie sie als Ziege bezeichnet haben. Aber nein. Das wäre eindeutig zu viel an einem Nachmittag wie diesem.

»So genau habe ich es nicht mehr im Kopf. Aber es klang, als wäre Luc kein Typ zum Verlieben.«

»Wer redet denn von Verlieben!«, erwidert Vanessa und hebt die Nase. »Ich finde, man sollte so viele Erfahrungen wie möglich sammeln, bevor man sich richtig verknallt.«

»Wie anstrengend«, meint Wiebke, doch Vanessa zuckt die Schultern.

»Dann kannst du es doch auch mit Marvin versuchen«, rede ich ihr gut zu. »Vielleicht ergibt sich ja morgen Abend was? Wir können eine Spontanfete im Keller veranstalten.«

»Fete ist immer gut«, stimmt Vanessa zu, »aber ich glaube, für Marvin ist es zu spät. Bringt ja auch nichts, wenn er übermorgen wieder abreist. Falls es mit ihm Spaß machen sollte, ist er wieder weg, bevor wir es vertiefen können.«

Wiebke und ich wechseln wieder Blicke und denken das Gleiche: Was Vanessa wohl mit »es« meint?

»Außerdem gibt es Typen wie Marvin wie Sand am Meer. Da kann ich auch einen aus unserer Schule anmachen. Und«, fügt sie fast andächtig hinzu, »ich glaube, dass Franzosen besser küssen als deutsche Jungen.«

Wiebke und ich lachen. »Besser küssen? Wie kommst du denn darauf? Hast du denn Vergleiche?«, will Wiebke wissen.

Vanessa stellt sich vor den runden Spiegel mit dem alten Holzrahmen, um ihr Make-up zu korrigieren.

»Das weiß man einfach!«, sagt sie von oben herab. »Das ist allgemein bekannt: Die französischen Männer sind die besten Liebhaber. Ihr werdet schon sehen«, fügt sie hinzu. »Lasst mich nur machen.«

Und das wollen Wiebke und ich gerne tun, solange sie nur ihren Kummer wegen Leo vergisst. Klar, dass es uns auch interessiert, ob ihre Vermutung über Nationaltalente stimmt.

»Hast du noch mal Liebespost von deinem geheimen Verehrer bekommen?«, fragt Wiebke, während Vanessa ihre Finger anleckt und unter ihren Augen herumwischt, bis sie ganz rot sind.

Ich stöhne auf. »Mittlerweile sind es vier Briefe mit Gedichten. Immer im selben Stil, immer erzählt er mir was von Sternen und unendlicher Liebe. Ich glaube wirklich, da will mich jemand verschaukeln.«

»Oder es ist jemand, der keine Ahnung hat, wie man mit Frauen umgeht und sie in sich verliebt macht«, bemerkt Vanessa. »Vielleicht bist du seine erste große Liebe, und er stellt sich nur trottelig an?«

»Trottelig ist gar kein Ausdruck«, kann ich nur bestätigen und krame die Zettel aus meiner Schreibtischschublade hervor, um sie den beiden anderen zu zeigen.

»Was für ein Kitsch«, murmelt Vanessa erschüttert. »Der Typ hat wirklich einen Schuss. Ich tendiere ja nach wie vor zu Nasi.«

Wiebke schüttelt den Kopf. »Glaub ich nicht. So viel Schüchternheit passt nicht zu dem. Der würde direkt zur Sache kommen.«

Ich stimme ihr zu. Nasi scheidet aus. »Habt ihr denn irgendeine Idee, wie wir herausfinden können, wer das ist?«

»Hm«, macht Vanessa und tippt sich mit dem Zeigefinger an die Backe. »Wann bekommst du denn diese Briefe normalerweise? Hast du das schon abgecheckt?«

»Also, die vier, die ich bis jetzt habe, sind immer am

Abend gekommen. Um sechs gehe ich ja runter, um Opa und Nasi in der Küche zu helfen. Bis dahin lag hier noch nie ein Brief vor meinen Füßen. Wenn ich dann gegen halb zehn wieder auf mein Zimmer komme, finde ich sie auf dem Boden, unter der Tür durchgeschoben.«

»Also ist es wahrscheinlich, dass dein Liebesdichter so gegen neun aktiv wird. Er scheint deinen Zeitplan genau zu kennen und richtet sich darauf ein, dir nicht zu begegnen«, überlegt Wiebke.

»Genau das ist der Punkt, wo wir ihn zu fassen kriegen können«, fährt Vanessa mit blitzenden Augen fort, und ich überlege, was sie mit »wir« meint. Doch als sie weiterspricht, weiß ich es: »Wir legen uns ab acht, gleich nach dem Abendessen, auf die Lauer und warten, bis er sich anschleicht. Und dann stellen wir ihn zur Rede!«

»Oh, mein Gott! Wie aufregend! Was sagen wir, wenn wir ihn erwischen?«

»Das wird sich schon ergeben«, behauptet Vanessa. »Da sollten wir uns ganz auf unser Bauchgefühl verlassen. Kommt ja auch drauf an, wer es ist.«

»Trudeln die Briefe denn jeden Tag ein?«, fragt Wiebke.

»Bisher war es an jedem zweiten Abend. Ziemlich regelmäßig sogar.«

»Das heißt«, schlussfolgert Vanessa, »heute ist der Tag ohne Liebesgedicht. Morgen schlägt er wieder zu!« Sie spricht von meinem Verehrer wie von einem

Gewalttäter, aber da wir am Ende das Gleiche wollen – nämlich herausfinden, um wen es sich handelt –, korrigiere ich sie nicht.

»Wir müssen einen Schlachtplan entwerfen«, meint Wiebke, »damit er uns nicht durch die Lappen geht!«

Wir steigern uns völlig in unsere Ideen hinein. Ich male mir aus, wie wir eine Decke über den Typen werfen wie auf ein entlaufenes Tier und ihn mit roher Gewalt zu Boden zwingen.

Irgendwann kommt mir der Verdacht, das Ganze könnte sich zu einer peinlichen Angelegenheit entwickeln. Aber nun sind wir für einen Rückzieher zu weit vorgedrungen. Also schweige ich und gebe damit meine stille Zustimmung zu den Plänen meiner Freundinnen.

Ein schriller Pfiff unten auf dem Hof lässt uns aufhorchen.

Ich laufe ans Fenster, öffne es und strecke den Kopf heraus. Da unten steht Malte und grinst, die Hände in den Hosentaschen vergraben, zu mir herauf. Ganz allein. Malte? Ob der dichten kann?

»Hi, Lilly, ist Wiebke bei dir?«

Nein, da reimt sich nichts.

»Nun geh schon!« Vanessa schiebt Wiebke quasi durch die Tür, während ich vom Fenster aus zu Malte hinabrufe: »Sie kommt runter zu dir!«

»Okay!«, ruft er zurück und kickt lässig gegen einen herumliegenden Stein.

Vanessa und ich hängen am Fenster und schauen hinaus, als wollten wir die herrliche Landschaft genießen. In Wahrheit möchten wir natürlich nur kein Wort verpassen von dem, was die beiden da unten belabern.

Aber wir hören nur Satzfetzen und einzelne Worte. Anscheinend überlegen sie, was sie denn miteinander unternehmen wollen, und schließlich gehen sie in Richtung See, und wir sehen, wie sie sich in ein Ruderboot setzen und lospaddeln.

»Wie romantisch«, haucht Vanessa ergriffen. »Sollen wir hinterher?«

»Bist du verrückt? Wie sollen wir das anstellen, ohne dass sie uns bemerken?«

Das Boot wird immer kleiner, und schließlich verlieren wir es aus den Augen.

Vanessa seufzt. »Jetzt sind sie verschwunden.«

Mir fällt das Fernglas ein, das Opa mir geschenkt hat, als ich kleiner war und einmal mit ihm eine Tagestour auf dem Containerschiff mitmachen durfte.

»Was siehst du, was siehst du?«, zischt Vanessa mir zu, als ich meine Brille abgenommen habe und den See mit dem Feldstecher überblicke.

»Sie sind weg! Wie vom See verschluckt!«, erwidere ich hektisch. »Ganz plötzlich!«

»Lass mich mal!« Vanessa schnappt mir das Glas aus der Hand weg.

»Na?« Ich wibbele unruhig neben ihr. »Meinst du, sie sind gekentert?«

»Quatsch!«, erwidert Vanessa. »So schnell kentert doch ein Boot nicht. Und wenn, dann würden wir sie plantschen sehen. Da!«, schreit sie, und sofort übernehme ich wieder das Glas.

Vanessa deutet mit dem Finger in die Richtung der Weide am anderen Seeufer. »Guck mal zwischen den Ästen! Sie haben sich ein Liebesnest gesucht! Siehst du?«

Ich kichere. »Tatsächlich! Mist. Man kann nur eine Ecke des Bootes sehen. Die Äste und Blätter sind zu dicht.«

Eine Weile noch wechseln wir uns ab mit dem Fernglas, aber das Boot rührt sich nicht mehr von der Stelle. So können wir uns nur in unserer Fantasie ausmalen, was Wiebke und Malte da unter dem Blätterdach machen.

Eine Viertelstunde später tauchen sie wieder auf. Ich darf nicht vergessen, meiner Mom davon zu erzählen. Von solchen Geschichten lebt sie ja. Und ich bin echt gespannt, ob sie sich dazu eine Lovestory ausdenken kann. »Da sind sie!«, zischt Vanessa, das Glas an die Augen gedrückt. »Die sehen genauso aus wie vorher!«

»Was hast du erwartet? Dass sie sich in der Wildnis zu Werwölfen verwandeln?«

»Nee, das nicht. Aber man sieht das doch, wenn man geknutscht hat.«

»Hä? Wie kommst du denn darauf? Bist du sicher?«

»Absolut! Ich wette mit dir, zwischen den beiden ist nichts gelaufen. Wahrscheinlich hat Malte so eine zusammenklappbare Angel ausgepackt, und sie haben gemeinsam darauf gewartet, dass ein Fisch anbeißt. Sonst nichts.«

Ich halte mir den Bauch vor Lachen. »Das glaube ich nie und nimmer. Um was wollen wir wetten, dass sie sich geküsst haben?«

Vanessa reicht mir das Fernglas, damit ich mich selbst davon überzeugen kann, wie erschreckend alltäglich unsere Freundin aussieht. »Wer verliert, muss dem anderen ein Eis ausgeben. In der Bäckerei Hinrichsen im Dorf.«

»Okay«, stimme ich zu, während ich nun zuschaue, wie Malte Wiebke aus dem Boot hilft und die beiden auf die Villa zugehen. Sie fassen sich nicht an den Händen, was ich für ein schlechtes Zeichen halte. Schnell überschlage ich im Geiste, wie viel Taschengeld mir für den Rest des Monats noch bleibt, falls ich die Wette tatsächlich verlieren sollte.

Dann springen wir die Treppen hinab, um unserer Freundin entgegenzulaufen. Malte hat sie jetzt lange genug für sich alleine gehabt, finden wir. So passen wir sie ab, kurz bevor sie den Eingang erreichen.

»Hey, Wiebke!«, ruft Vanessa betont fröhlich. »Wo wart ihr denn bloß? Wir haben schon gedacht, ihr seid gekentert oder von einem Seeungeheuer gefressen!«

»Woher weißt du denn, dass wir auf dem See waren?«, fragt Wiebke erstaunt.

»Äh!« Vanessa wechselt hilflos einen Blick mit mir.

»Ist doch klar bei dem schönen Wetter!«, erkläre ich schnell, aber ganz überzeugt ist Wiebke nicht.

»Wir wollten fragen, ob du mit auf ein Eis ins Dorf kommst«, sagt Vanessa schnell.

Malte blickt zwischen uns Mädchen hin und her und merkt wohl, dass es Zeit ist, sich zu verabschieden. »Sehen wir uns heute Abend noch?«, fragt er Wiebke.

»Bestimmt«, sagt sie und lächelt zaghaft. »See you.«

Er hebt die Hand. »Bis später!«, und verschwindet in der Villa.

Wir drei Freundinnen stehen dicht beieinander. Vanessa und ich starren Wiebke an und recken dabei die Köpfe vor, ohne ein Wort zu sagen.

Wiebke blickt zwischen uns hin und her, hebt beide Arme. »Was ist los mit euch?«

»Nun sag schon!«, rufen wir beide wie aus einem Mund.

»Was?«

»Hat er dich geküsst?«, fragt Vanessa voller Ungeduld.

Wiebke holt tief Luft, dann grinst sie, und es sieht aus, als würde sie fast platzen vor lauter Freude. Aber sie sagt: »Geht euch das was an?«

»Aber selbstverständlich!«, rufen Vanessa und ich wieder wie aus einem Mund.

»Also gut.« Noch einmal holt sie tief Luft. »Ja.« Jetzt strahlt sie übers ganze Gesicht.

Aus Vanessa und mir fährt die Anspannung wie aus zwei Reifen die Luft. Dann lächele ich. »Wow.«

Vanessa verzieht den Mund. »Na toll.« Sie greift in die hintere Tasche ihrer Jeans, zieht einen Fünfeuroschein hervor und betrachtet ihn wehmütig.

»Hm, ich hab heute Lust auf einen Riesenkirschbecher!«, rufe ich und laufe den anderen voran zu den Fahrrädern. »Kommt ihr? Und unterwegs musst du uns alles erzählen! Du darfst nichts vergessen, Wiebke!«

Vanessa ist die Letzte bei den Fahrrädern. Sie trottet und schmollt vor sich hin. Wahrscheinlich nicht nur wegen der verlorenen Wette, sondern auch, weil sie nun keine Chance mehr hat, die Erste zu sein, die einen richtig heißen Ferienflirt in der Villa Wildsee vorzuweisen hat.

Eine Liebesszene für Wiebke

Mein lieber Spatz,
hab tausend Dank für Deine letzte Mail! Du hast mich so sehr inspiriert. Mein Buch ist nun fast fertig, und die schönste Szene hast Du mir geliefert, indem Du von Wiebke und ihrem Malte erzählt hast. Magst Du einmal lesen und mir schreiben, wie es Dir gefällt? Über das Ende der Szene »Wiebkes erster Kuss« musst Du Dich nicht wundern. Jungen sind so.

Mom hat tatsächlich keine Zeit verloren, sich auszudenken, was Wiebke auf dem See erlebt haben könnte. Ich öffne den Mailanhang, stütze das Kinn in die Hände und beginne zu lesen.

Wiebke schlotterten die Knie, als sie das Erdgeschoss erreichte, was nicht daran lag, dass es so anstrengend war, die Treppen hinunterzulaufen.

»Na du?«, sagte sie, als sie schließlich vor Malte stand.

»Selber na du.« Er lächelte, und beide schauten verlegen in der Gegend herum.

Dann räusperte sich Malte. »Weißt du jetzt?«

»Was?«

»Ob du heute Zeit hast. Gestern wusstest du das noch nicht.«

»Ach so.« Wiebke lächelte wieder. »Zeit habe ich schon. Aber keine Lust auf Fahrradfahren.«

Die Freude zeichnete sich deutlich in Maltes Gesicht ab. Seine Augen funkelten wie Sonnensprenkel. »Hab auch kein Bock auf Radfahren. Was hältst du von einer Bootsfahrt?«

Wenig später stieg Wiebke auf dem Steg am Wildsee in eines der blau und rot angestrichenen Ruderboote aus Holz. Malte reichte ihr die Hand, als sie auf dem Schiffboden stand und das Boot ein bisschen wackelte. Seine Finger fühlten sich trocken und fest an.

»Am besten setzt du dich nach vorne und ich in die Mitte an die Ruder«, schlug er vor.

Wiebke hielt sich mit beiden Händen an der Holzbank fest, als Malte zu rudern begann. Sie fühlte sich, als hätte jemand an einer Kurbel ihre Muskeln und Sehnen um ein paar Zentimeter gestrafft. Ihr Hals war ganz trocken.

»Sollen wir bis ans andere Ende des Sees?«, fragte er.

»Wenn du so lange durchhältst.«

»Eine meiner leichtesten Übungen!«

Flott grub sich der Bug des Bootes durch die Wasseroberfläche. Den See einmal zu überqueren dauerte nicht länger als zwanzig Minuten. Am anderen Ufer stand eine Weide dicht am Wasser und breitete ihre Äste über ein Stück des Sees. Vorsichtig manövrierte Malte das Boot darunter.

Sie mussten die Köpfe einziehen, damit die Blätter sie nicht berührten. Sanft plätscherte das Wasser gegen die Holzplanken. Außer dem Eintauchen der Ruder und dem gelegentlichen Schrei eines Vogels war es ganz still.

Deswegen hörte Wiebke auch ihren eigenen Atem. Sie hätte das selbst nicht für möglich gehalten, aber als Malte sie bat, sich neben ihn zu setzen, stand sie auf, und er reichte ihr wieder die Hand, damit sie das Gleichgewicht besser halten konnte.

»Übermorgen ist es also so weit«, sagte sie und warf ihm unsicher von der Seite einen Blick zu.

Er nickte. »War eine geile Zeit hier. Echt.« Er sah sie an. »Auch weil ich dich hier kennengelernt habe.«

Wiebke biss sich auf die Unterlippe. »Ich finde dich auch nett.«

»Nur nett?« Jetzt lächelte er ein bisschen und traute sich, ihre Hand zu nehmen, obwohl nicht mehr die Gefahr bestand, dass sie das Gleichgewicht verlor.

Sie ließ ihm ihre Hand, weil es sich gut anfühlte. Warm und zart. Der Kuss auf ihrer Wange war auch warm und zart. Doch als sie den Kopf drehte, landete der nächste Kuss auf ihren Lippen. Das fühlte sich feuchter an. Und kein bisschen eklig.

»Ich mag dich. Ziemlich sogar«, sagte sie und staunte selbst, wie wahr das war und wie leicht es sich sagen ließ.

Weil er eine ihrer Hände immer noch hielt, nahm sie die andere und streichelte ihm damit über die Wange, dann mit einem Finger über die Lippen. Als ihre Fingerspitze über seinen Mund glitt, küsste er sie schnell, dann wieder ihre Lippen, und diesmal wurde es ein richtig langer Kuss mit allem.

»Kuss mit Zungenschlag« war ganz anders, als Wiebke sich das vorgestellt hatte. Es war ein Streicheln und die schönste Zärtlichkeit, die sie je erlebt hatte. Maltes Atem roch fruchtig nach einem Erdbeersahne-Drop und sie war auch froh, dass sie beim Mittagessen auf die Olivenöl-Knoblauch-Soße zu den Spaghetti verzichtet hatte.

Malte zog sie fest an sich und streichelte ihren Rücken, während er gar nicht mehr aufhören wollte, sie zu küssen. Wiebke hatte schon lange die Augen geschlossen, weil in diesen Minuten nichts mehr zählte außer den Gefühlen, die dieser Kuss in ihr auslöste. Als er seinen Mund von ihrem nahm und zum Abschluss noch einmal mit einem Lächeln die Lippen schmatzend auf ihre setzte, seufzte sie leise.

»Das war schön«, sagte sie.

»War das dein erster Kuss?«, fragte er.

Wiebke überlegte, ob sie lügen sollte, tat es dann aber nicht. Warum auch? »Ja. Hat man das etwa gemerkt?«

Malte lachte. »Kein bisschen. Du bist die geborene Profiküsserin. Ein echtes Naturtalent, würde ich da sagen!«

Sie schob die Unterlippe vor und tat, als wäre sie beleidigt. »Hast du denn so viele Vergleiche?«

»Aber sischer dat«, sagte er auf Kölsch und grinste von einem Ohr zum anderen. »Wir spielen auf den Feten immer Wahrheit oder Pflicht. Kennst du das?«

»Klar. Kennt doch jeder. Ich hab mich davor bisher immer gedrückt.«

»Ich nicht. Ich hab's immer vorgeschlagen.« Sie lachten beide und fanden, dass sie nun erst mal wieder eine Unterbrechung brauchten. Reden ist Silber, Küssen ist Gold.

Diesmal dauerte es noch länger, und es wurde auch immer wundervoller. Wiebke genoss dieses Gefühl, wie es in ihrem ganzen Körper kribbelte wie von eisgekühlter Orangenlimo an einem heißen Sommertag.

Später saßen sie Arm in Arm auf der Bank im Boot. »Es ist so schade, dass ihr übermorgen schon abreist«, murmelte Wiebke.

»Ich vermisse dich jetzt schon«, sagte Malte. »Ich verspreche dir, dass ich in den Sommerferien wiederkomme.«

Wiebke sah ihn an. »Das dauert noch so lange. Wollen wir bis dahin E-Mails schreiben?«

»Logisch. Oder noch besser: Wir treffen uns in einem Messenger und chatten jeden Abend.«

»Chatten ist aber nicht so schön wie Küssen«, erwiderte Wiebke, und da konnte Malte ihr wirklich nicht widersprechen.

Als sie eine Viertelstunde später zurückruderten, waren sie beide glücklich und traurig zugleich. Nicht nur, weil Wiebke sich wieder auf die Vorderseite gesetzt hatte und sich deswegen ihre Oberschenkel und Schultern nicht mehr berührten.

Und während Wiebke mit ihren Freundinnen ins Dorf radelte, um ihnen zu erzählen, was sie gerade erlebt hatte, wurde vor Maltes Nase die Tür des Vierbettzimmers aufgerissen, bevor er überhaupt die Klinke in der Hand hatte. Seine Freunde Marvin, Ben und Thorben empfingen ihn mit offenen Armen. Die Gardine vor dem Fenster war zur Seite geschoben, am Griff baumelte ein Fernglas.

»Na, wie war's?«, stieß Ben atemlos vor Neugier hervor.

Ich muss grinsen. Meine Mom hat wirklich eine tolle Fantasie, aber alles weiß sie auch nicht. Ich drücke auf »Antworten«, um ihr zu schreiben, dass ich an der Szene nichts auszusetzen habe und dass sie sie so übernehmen kann, wenn sie nur bitte die Namen ändert. Ich bin ja schon froh, dass sie über andere Leute und nicht über mich schreibt.

Ein erster Verdacht

Doch eine Stunde später bekomme ich mein Fett weg. Eine weitere Mail von Mama trudelt ein. Offenbar ist sie im Schreibrausch. Und diesmal stellt sie mich in den Mittelpunkt. Wie peinlich!

Liebe Lilly,
ja, musst Du denn nicht langsam schlafen? Danke aber trotzdem für Deine schnelle Antwort. Ich muss nächste Woche den Roman abgeben und habe gerade noch Deinen geheimen Verehrer eingebaut. Schau doch bitte mal, ob sich diese Szene spannend liest und ob sie den richtigen Kick hat.
Du weißt ja, dass Du meine liebste Testleserin bist.

Was sie sich da wohl wieder ausgedacht hat! Weil ich noch kein bisschen müde bin, öffne ich das Word-dokument.

Nach dem Essen legte sich Elisabeth auf die Lauer. Sie wusste, dass ihr geheimer Verehrer an diesem Abend wieder in Aktion treten würde. Diesmal würde sie ihn auf frischer Tat ertappen. Sie nahm sich einen Stuhl und platzierte ihn in ihrem Zimmer direkt neben der Tür. Dann wartete sie. Plötzlich hörte sie Schritte im Flur und war sofort alarmiert. Ob er das schon war? Dann raschelte es auf dem Teppich. Aha! Mit einem Satz sprang sie auf, riss die Tür auf – und stand André gegenüber, dem Franzosen, der ein paar Nächte zuvor den Feuerlöscher getestet hatte!

»Was machst du da?«, rief sie.

»Isch weis nischt!«, antwortete er perplex mit seinem niedlichen französischen Akzent. »Ich 'abe 'ier nur was abzugeben für disch.«

Sie riss ihm das Schreiben aus der Hand. »Noch ein Brief! Gib zu, dass sie von dir sind!«

Er senkte den Kopf und wurde rot. Als er aufschaute, lag alle Liebe, die er für sie empfand, in seinem Blick. »Vom ersten Augenblick an war isch verliebt in disch! Isch wusste nischt, was machen. Deswegen schrieb isch Briefe an disch. Und deine große Bruder Ludgé 'at ge'olfe mit die deutsche Sprache.«

O Gott. Ich breche über dem Laptop fast zusammen. Ausgerechnet André, von Ludger unterstützt! Könnte es schlimmer kommen? Ich muss ihr unbedingt schreiben, dass sie nicht vergessen darf, die Namen zu ändern. Ich habe mit dieser Szene nichts, aber auch gar nichts zu tun!

Beim Abendessen allerdings beobachte ich gegen meinen Willen diesen André doch genauer als sonst. Und schaut er nicht tatsächlich immer wieder in meine Richtung? Einmal lächelt er mir sogar zu. Ob Mom vielleicht hellseherische Fähigkeiten hat? Je länger ich ihn beobachte, desto sicherer werde ich, dass Mom einen Volltreffer gelandet haben könnte. Warum nur ist mir Andrés Schmachtblick nicht schon früher aufgefallen? Obwohl … war da nicht was beim Tischtennis? Und beim Baden hatte ich ja schließlich meine Schwimmbrille nicht auf …

Als ich später die Teller von den Tischen räume, um sie zu Nasi und Opa in die Küche zu bringen, ist André der letzte der Franzosen, der sich noch im Speisesaal aufhält.

Unauffällig blicke ich zu ihm. Da kommt er auch schon auf mich zu.

»Du kannst deine 'errn Großvater sagen, die Crème Brûlée war ganz köstlisch«, sagt er, und da bin ich mir fast sicher, dass dieser André ein Geheimnis hat. Ein süßes Geheimnis, und ich bin darin der Mittelpunkt! Wie grausam!

Es hilft nichts. Die Sache duldet keinen Aufschub mehr.

Am Abend soll es in den Kellerräumen die große Abschiedsparty für die Kölner geben.

»Ihr müsst mir helfen!«, sage ich zu Wiebke und Vanessa, als die beiden kurz vor halb acht eintrudeln und wir in meinem Zimmer Lagebesprechung halten. Vanessa hat sich richtig in Schale geworfen. Sie trägt einen kurzen engen Rock mit Glamourfaktor, ein Neckholder-Top und bis zu den Waden geschnürte Sandaletten. Immer wieder läuft sie zum Spiegel, um noch einmal Lipgloss aufzulegen oder an ihrer mit Gel gestylten Frisur zu zupfen.

»Was hast du denn vor?«, will Wiebke wissen, die auch das Beste aus ihrem Typ herausgeholt hat und einen kniekurzen schwarzen Rock mit Satinsaum und zwei Tanktops in Schwarz und Grau darüber trägt. Ihre Augen hat sie mit Kajal ummalt.

»Also, turnusmäßig ist heute der Abend, an dem er mir wieder ein Gedicht schreibt. Und wie wir schon festgestellt haben, kommt er so zwischen acht und neun Uhr. Da wäre die Fete unten in vollem Gange.« Das Auffälligste an mir ist meine Brille, die ich, hinter Vanessa stehend, gerade aufsetze. Ich habe mich für die große graue mit cooler Silberfassung entschieden. Ansonsten trage ich meine überlangen Lieblingsjeans, rote flache Sandalen mit Riemchen und ein graues T-Shirt mit der Aufschrift »Schoggi«.

»Wenn wir uns auf die Lauer legen und abwarten, und er ist unten bei den anderen, merkt er doch, dass wir nicht da sind, und denkt sich vielleicht, dass du ihn abfangen willst!«, gibt Vanessa zu bedenken.

Ich stoße verächtlich die Luft aus. »Hältst du ihn für so clever? Nach dem Stil seiner Gedichte kann ich mir das nicht vorstellen.«

»Was schlägst du vor?«, fragt Wiebke.

Ich winke die anderen beiden näher heran. »Schräg gegenüber von meinem Zimmer ist doch diese Besenkammer. Dort sollte ab halb acht immer eine von uns sitzen und durch den Türspalt hinausschauen.«

»Und was machen wir, wenn er dann wirklich kommt? Rausspringen und ›Hab ich dich!‹ rufen?«, fragt Wiebke vernünftig. »Ich meine, schließlich begeht er ja kein Verbrechen. Er ist nur verliebt in dich.«

»Hm.« Darüber muss ich selbst noch nachdenken. »Nein, ich glaube nicht, dass wir ihn stellen sollten. Es reicht, wenn ich weiß, wer es ist. Dann fällt mir später schon was ein.«

»Wir sollten untereinander auf jeden Fall die ganze Zeit in Kontakt sein«, meint Vanessa und holt ihr Handy hervor. »Sind eure auch aufgeladen?«

Auch Wiebke und ich kramen unsere Mobiltelefone aus den Taschen. Ja, die Akkus sind bereit, die Nummern der anderen eingespeichert.

»Das heißt also, immer zwei von uns nehmen unten an der Party teil, und eine schiebt Wache«, fasst Wiebke zusammen.

»Genau«, stimme ich zu. »Und wenn einer etwas Verdächtiges auffällt, teilt sie es den anderen mit. Wer übernimmt die erste Schicht?« Ich blicke abwechselnd zwischen den beiden hin und her.

Schließlich meldet sich Vanessa. »Am Anfang ist sowieso noch nicht viel los auf der Party.«

»Das ist lieb von dir«, sage ich und lächele sie an. »Ich löse dich dann um halb neun ab.«

»Und ich übernehme ab neun«, verspricht Wiebke.

Die Besenkammer ist winzig, und es riecht nach Staubsaugerbeuteln und Putzmitteln, aber für den Zweck ist sie genau richtig. Wir holen einen Stuhl aus meinem Zimmer, den wir neben der Tür platzieren, und legen ein paar *Bravo Girl* und *Mädchen* und eine Taschenlampe dazu, damit sich diejenige, die Wache hält, nicht zu Tode langweilt, falls nichts passiert.

Ein letztes Mal überprüfen wir unsere Handys – ja, alle sind eingeschaltet. Dann nimmt Vanessa auf dem Stuhl Platz. Wiebke und ich springen Hand in Hand die Treppe in den Keller hinab.

Auf der Lauer

Als Wiebke und ich den Kellerraum erreichen, ist die Party schon in vollem Gange. Ich muss mich erst an die Dunkelheit gewöhnen. Das Licht ist abgeblendet, zum Teil sind rote und blaue Birnen in die Fassungen gedreht. Aus den Boxen in den Ecken dringt Musik, laut genug, dass ich meinen Mund an Wiebkes Ohr halten muss, wenn ich mit ihr reden will.

Hinten in der schummerigen Ecke auf der Couch sitzen zwei. Ich reibe mir die Augen. Pianoman schon wieder in Aktion! Ja, findet der denn keine verschwiegenen Plätze?

Ich stupse Wiebke an. Dann erst erkenne ich, an wem Leo da herumgrabbelt. Diesmal hat die Ehre … Cynthia!

Ich lächele zufrieden. Das ist eine Kombination, die mir gut gefällt. Ob Philipp schon da ist? Das sollte er doch nicht verpassen!

Auch Wiebke grinst und deutet, während wir im Türrahmen stehen und uns umblicken, auf Daniela, die im Mediaraum Leos Gespielin sein durfte. Und sie wäre das wohl gern noch ein wenig länger geblieben, ihrem Gesichtsausdruck nach zu schließen. »Ob da wohl jemand sauer ist?«, tuschelt Wiebke mir ins Ohr.

»Besser die als Vanessa, oder?«

»Zum Glück hat Vanessa Leo schon von der Liste gestrichen«, meint Wiebke. Wir schauen uns um und sehen Marvin in der Gruppe seiner Freunde stehen. In seinem Umfeld droht keine Flirtoffensive. Die reden anscheinend über das Fußballspiel, das sie am Nachmittag gewonnen haben. Zwischen den Köpfen der anderen und durch das Halbdunkel treffen sich die Blicke von Malte und Wiebke, wie ich beobachte. Einen Moment lang scheinen sich die beiden ganz allein in diesem überfüllten Raum zu fühlen. Sicher warten sie nur auf eine Gelegenheit, irgendwo ganz alleine ihre letzten gemeinsamen Stunden zu verbringen. Ach! Liebe muss schön sein! Wiebke hat einen total verklärten Blick, und mir fällt die Szene ein, die Mom geschrieben hat. Wiebke selbst hat uns von ihrem Erlebnis auf dem See nur wenig erzählt, und ich habe ihr Moms Text natürlich nicht gezeigt. Nachher fühlt sie sich noch ertappt. Ich muss Mom dringend noch einmal daran erinnern, dass sie die Namen ändern soll. Nachher habe ich, wenn sie all ihre Hirngespinste veröffentlicht hat, keine einzige Freundin mehr.

Philipp schlendert auf uns zu, eine Dose Red Bull in der Hand. Er tut so, als müsste er abzählen, und bleibt bei »zwei« stecken. »Da fehlt doch eine!«, sagt er grinsend.

Ich lache. »Vanessa kommt später.«

»Na, so was? Ihr tretet doch sonst nur zu dritt auf. Wo ist sie denn?«

Wiebke legt den Zeigefinger vor die Lippen. »Staatsgeheimnis.«

Philipp schiebt gespielt trotzig die Unterlippe vor. »Ich kann schweigen wie ein Grab.«

Wiebke und ich wechseln einen Blick. Kurz überlege ich, ob das wohl richtig ist, wenn Philipp von meinem heimlichen Verehrer erfährt. Aber – warum eigentlich nicht? Cynthia schmachtet ihn an – ein Unbekannter ist in mich verknallt. Das ist doch nur gerecht.

Wiebke streichelt kurz über meine Schulter und deutet mit dem Kopf in Maltes Richtung, der nun etwas abseits von den Jungen steht und ihr ein Zeichen gibt. Ich verstehe und zische ihr zu: »Bis später!« Dann ist Wiebke auch schon verschwunden und Philipp neben mir ganz Ohr.

»Was jetzt?«, sagt er grinsend. »Ist Vanessa in geheimer Mission unterwegs?«

»Du weißt ja gar nicht, wie nah du an der Lösung bist«, erwidere ich lachend. Und dann erzähle ich ihm von den Briefen und den Gedichten und dem Plan, den Schreiberling an diesem Abend zu stellen.

»Wow«, macht Philipp und nimmt einen Schluck von dem Aufputschsaft. »Hier ist ja richtig Äktschn. Na, dann – danke für den heißen Tipp! Jetzt weiß ich, dass ich heute besser keinen Vierzeiler unter deiner

Tür hindurchschiebe, wenn ich mich nicht offiziell zum Trottel machen will.«

»Hallo?« Ich reiße die Augen auf und starre ihn an.

Philipp wirft sich weg vor Lachen. »War nur ein Scherz, Lilly!«

»Mann!«, fahre ich ihn an. »Du kannst einem vielleicht einen Schrecken einjagen.«

»Warum?« Philipp schaut ganz unschuldig. »Wieso Schrecken? Meinst du, es wäre die Hölle, wenn ich in dich verliebt wäre?«

»Äh …« Meine Wangen brennen. Zu viel stürzt bei dem Gedanken gleichzeitig auf mich ein. Natürlich wäre es nicht die Hölle, es wäre sogar interessant, wenn er in mich verliebt wäre, aber es wäre die Hölle, wenn er wüsste, dass ich es interessant fände, wenn er in mich verliebt wäre, gerade jetzt nach der Sache mit Cynthia. Und dann wäre es wiederum doch die Hölle, wenn er solche Gedichte schreiben würde, wenn er in mich verliebt wäre, denn ich hätte es mir ganz anders vorgestellt, wie es sich anfühlen würde, wenn Philipp und ich …

Auf jeden Fall wirbeln meine Gedanken im Kopfkarussell so durcheinander, dass ich lieber das Thema wechsele, als darauf einzugehen. »Komm, lass uns zu Marvin und den anderen gehen.«

Eigentlich sind alle Verdächtigen in Sichtweite, stellen Philipp und ich fest, aber natürlich können wir nicht alle im Auge behalten. Für Philipp ist die Sache eh klar. Gedichte. Das kann nur Ludger sein.

Einem, der freiwillig Flöte spielt, traut er auch zu, dass er in seiner Freizeit reimt.

Ich traue das eher einem zu, der schon von seiner Nationalität her ein besserer Liebhaber ist, der sich in den letzten Tagen so auffällig benommen hat und dem meine Mom in ihrem Roman einen solchen Schmalz angedichtet hat.

Während Philipp also Ludger im Blickfeld behält, der von Musical-Mäusen umringt ist, linse ich immer wieder zu André. Dem entgeht das nicht, und er ist so frech, aus der Ferne breit zu grinsen und mich zu sich heranzuwinken.

Aber ich schüttele ganz schnell den Kopf und tue, als müsse ich gerade etwas Wichtiges an der Musikanlage erledigen.

Wo ist denn bloß Wiebke abgeblieben? Wahrscheinlich hat sie sich mit Malte nach draußen verkrümelt.

Doch wenig später entdecke ich sie, wie sie mir über die Köpfe der anderen hinweg Zeichen gibt und auf ihre Armbanduhr deutet. Ich weiß natürlich selbst, dass es nun Zeit wird, mich auf die Lauer zu legen.

»Ich bin dann mal für eine halbe Stunde weg«, sage ich zu Philipp.

»Was dagegen, wenn ich mitkomme?«

Als ob ich etwas dagegen haben könnte, wenn Philipp irgendwohin mitkäme. Und wenn es nun wirklich André ist? Dann wäre es sicher besser, Philipp dabeizuhaben. Mit Schrecken denke ich an das Bild von Leo mit der Ausgestopften auf dem Schoß. André macht ganz den Eindruck, als würde ihm so etwas auch gefallen. Erst Gedichte – dann Gefummel. Da kann Philipp nur hilfreich sein. »Nee, gar nicht.«

Am Fuß der Treppe stolpern wir über Smutje, der leise vor sich hinschnarcht. Ja, wie ist denn der ins Haus gekommen? Der soll doch draußen pennen und den Wachhund mimen! Ich sehe, dass die Eingangstür offen steht. Jemand muss vergessen haben, sie zu schließen. Vielleicht Wiebke und Malte. Schnell laufe ich hin, um sie zuzudrücken.

Smutje nimmt uns den Tritt in die Rippen nicht übel. Er streckt sich, gähnt geräuschvoll und folgt uns nach oben.

»Smutje, hau ab. Wir können dich nicht gebrauchen«, zische ich ihn an. Das Zottelmonster versteht genau das, was es will. Smutje wedelt mit dem Schwanz und folgt uns unbeirrt.

Vergeblich versuche ich, ihn zu vertreiben.

Philipps Herz ist mal wieder wie Schokolade in der Sonne. »Lass ihn doch. Er stört doch nicht. Wahrscheinlich pennt er gleich wieder ein.«

Vanessa lugt schon aus der Besenkammer, als Philipp und ich um die Ecke kommen. »Wo bleibst du denn! Ich sterbe hier noch vor Langeweile!«

»Also ist nichts passiert?«, frage ich.

»Null! So langweilig wie ein Sonntag bei meiner Oma! Die Zeitschriften hab ich auch schon durchgelesen, bevor die Batterie der Taschenlampe ihren Geist aufgegeben hat.« Die Hefte liegen zerknittert neben dem Stuhl.

»Danke fürs Schmierestehen«, sage ich und küsse sie auf die Wange, bevor Vanessa, nach einem kurzen Blick zu Philipp, die Treppen hinunterspringt. Warum Philipp bei mir ist, scheint sie weniger zu interessieren als die Frage, ob Marvin oder Luc bereits Sehnsucht nach ihr haben. Etwas tut es mir leid, dass ich nun nicht beobachten kann, wie meine Freundin in Sachen Urlaubsliebe in den Endspurt geht.

Aber natürlich ist es wichtiger, den Dichter zu stellen.

In der Abstellkammer gibt es nur den einen Stuhl, und bevor Philipp auf die Idee kommen kann, wir könnten ja zu zweit darauf sitzen, schiebe ich ihn mit dem Fuß in die Ecke, und wir setzen uns auf den Boden. Genau so, dass wir den Spalt in der halb offenen Tür im Blick haben. Smutje macht es sich zwischen uns bequem, hungrig nach Streichel- und Krauleinheiten.

Er grunzt leise und lässt sich auf die Seite fallen. Kurz darauf merken wir, dass der schärfste Wachhund aller Zeiten wieder angefangen hat zu schnarchen.

Philipp und ich spekulieren flüsternd darüber, wen wir wohl gleich erwischen könnten, und ich muss mir mehrmals auf die Zunge beißen, um den Namen André erst gar nicht in den Mund zu nehmen.

Philipp ist sich ganz sicher. »Fußballer schreiben keine Gedichte, und die Franzosen können doch kaum Deutsch. Ich sag dir – das war Ludger!«

Irgendwie scheint Philipp nicht auf einer Wellenlänge mit Ludger zu liegen, und ich weiß einmal mehr, warum ich Philipp so supernett finde. Die Feinde meiner Feinde sind meine Freunde. Das hat mal irgendein berühmter Mensch gesagt, aber wer, das fällt mir nicht ein, und es ist auch egal, während ich konzentriert auf jeden Schritt aus den unteren Stockwerken lausche.

»Da, jetzt kommt jemand«, flüstert Philipp, als ein Tapsen auf der Treppe zu hören ist.

Aber an dem Husten erkennen wir, dass es nur Hausmeister Hecke auf einem seiner unregelmäßigen Kontrollgänge ist. Jetzt schmeißt der Hirni die Tür der Besenkammer zu, und Philipp und ich sitzen im Dunkeln.

Ich kichere. Eigentlich, denke ich, wäre das eine gute Gelegenheit, die Theorie auszuprobieren, ob Mädchen wirklich die Jungs in sich verliebt machen, wenn sie sich ängstlich, schwach und schutzlos geben.

Aber dann denke ich an Leos Gesabbel, und der Gedanke ist schon wieder verflogen, als Heckes Schritte auf der Treppe nach unten verklingen.

Philipp atmet aus, als hätte er fünf Minuten lang die Luft angehalten, und drückt die Tür wieder auf. Nur Smutje hat das Ganze nicht mitbekommen und zuckt nicht mal mit den Ohren, obwohl er Hecke auch nicht leiden kann.

Wir haben den Schreck noch gar nicht ganz überwunden, da knarrt schon wieder eine Treppenstufe. Ich fasse Philipp am Ärmel, aber der hat es selbst gehört.

Jetzt haben wir ihn, eindeutig. Da schleicht jemand den Gang entlang. Philipp beugt sich vor und späht durch den Türschlitz. »Oh, my god«, höre ich ihn theatralisch wie in einem amerikanischen Katastrophenfilm rufen, als käme ein Zombie oder kochende Lava auf uns zu.

Ich beuge mich vor, luge über seine Schulter und sehe – »Malte!«, platzt es aus mir heraus.

In diesem Moment allerdings drängelt sich Wiebke an dem Torwart vorbei.

»Du hast doch nichts dagegen, wenn er mit mir zusammen aufpasst, oder?«

»Verstärkung ist immer gut!«, sage ich.

»Und wenn er heute Abend nicht kommt, dann seid ihr der Lösung des Rätsels näher als je zuvor!«, behauptet Malte grinsend.

»Hä?«, rufen Wiebke und ich gleichzeitig, während Philipp das Grinsen des anderen erwidert.

»Dann können es nämlich nur Philipp oder ich sein, und da ich es nicht bin, muss es Philipp sein!«, ruft Malte mit überwältigender Logik.

Wir lachen lauthals, und Philipp erzählt: »Ich hab mal einen Film gesehen, da kommen drei Irre in ein

Dorf, dessen Bewohner drei Irre suchen. Die drei Irren suchen mit.«

Unser Gelächter schallt durch das ganze obere Stockwerk, bis ich, immer noch prustend, beschwichtigende Gesten mache. »He he he, wir verschrecken ihn noch, wenn wir die Party nach hier oben verlegen. Also, ihr übernehmt jetzt, Malte und Wiebke, okay?«

Die beiden schauen sich lächelnd an und fassen sich an den Händen. Ich seufze unterdrückt, wechsele mit Philipp einen Blick, der ebenfalls die Augen verdreht. Ob die beiden Verknallten aufmerksam genug sein werden für das, was um sie herum vorgeht? Aber es ist jetzt ja nicht zu ändern.

Am Treppenrand muss ich mich noch mal umdrehen, denn was da aus der Abstellkammer dringt, wäre laut genug, die Leute im Keller zu alarmieren. »Seid ihr komplett weggetreten? So hört er euch doch schon von unten!«

Wiebke kriegt sich fast nicht mehr ein vor Lachen. »Malte dachte, das wäre ein Kissen. Und als das Kissen ihm die Hand ableckte, hat er so aufgeschrien.«

Jetzt muss auch ich lachen. »Dann viel Erfolg. Wenn er bei dieser Schicht auch nicht auftaucht, hauen wir den Plan für diesen Abend in die Tonne. Dann wird abgefeiert und übermorgen ein zweiter Versuch unternommen, okay?«

Heiße Spuren

Im Keller ist die Party fast auf dem Höhepunkt angelangt. Cynthia und Daniela zicken herum, obwohl sie aus einer Truppe stammen. Enthemmt giften sie sich über den Lärm der anderen und die laute Musik hinweg an. Ich höre das mit Begeisterung, denn Cynthia macht dabei wirklich keine gute Figur. Die Ausdrücke, die sie für ihre Rivalin hat, stellen sie in kein gutes Licht, und so verheult und verquollen, wie sie sich gerade präsentiert, geht ihr auch ein gutes Stück des Glamour ab.

Ich bleibe neben Philipp stehen und schweige, um sicherzugehen, dass ihm die entlarvende Szene nicht etwa entgeht.

»Ey, das tut mir jetzt total leid«, sagt Philipp, und der Schmelz seines Schokoherzens gerinnt. So viel Gutmütigkeit darf nicht sein!

»Wie kommst du jetzt auf die Mitleidsnummer?«, fahre ich ihn an. »Geschieht deiner Cynthia doch recht, wenn sie sich jedem an den Hals wirft!«

»Also, das hast du aber total falsch verstanden.« Er blickt mich erstaunt an. »Sie hat mir gestern ihr Herz ausgeschüttet. Die ist schon ein Jahr lang in diesen

Leo verknallt. Sie meint wirklich, er wäre ihre große Liebe.«

»Und das hat sie dir erzählt?« Mir verschlägt es fast die Sprache.

Philipp lacht. »Ich wusste ja auch nicht, wie mir geschieht. Aber scheint, als hätte ich die Aura eines Beichtvaters.«

Ich stimme in sein Lachen ein. Aus mehreren Gründen. Auch aus Erleichterung.

Wo ist denn bloß Vanessa? Ich schaue mich suchend um. Wenn sich Mädels wegen Typen in den Haaren liegen, ist sie doch meist nicht weit. Aber diesmal ist Vanessa unbeteiligt. Jedenfalls kann ich sie nirgendwo entdecken.

Dafür schlappt Nasi auf mich zu. »Da brat mir doch einer einen Storch. Die Brillilly ist auch wieder im Lande.«

Muss man darauf irgendwas erwidern? Nö. »Und? Durftest du Prettys Pickel noch mal aus der Nähe inspizieren?«, erkundige ich mich stattdessen.

Bevor er zu einer Antwort ansetzen kann, überschlagen sich die Ereignisse.

Es fängt damit an, dass aus dem Erdgeschoss ein wahres Nies-Inferno zu hören ist. Opa Hinnerk kriegt sich mit seiner Nieserei gar nicht mehr ein, schnäuzt sich, schnupft und niest abwechselnd in einer Lautstärke, gegen die die Technotöne aus den Boxen sanfte Entspannungsmusik sind.

Philipp und ich wechseln einen Blick und müssen

dann kichern. Wie sollen wir auch ahnen, dass Opas allergische Reaktion nur der dezente Vorbote einer unvergesslichen Nacht in der Villa Wildsee ist?

Plötzlich schleicht sich André, der in den letzten Minuten mit einigen Freunden die beiden unglücklichen Leo-Opfer des Abends getröstet hat, aus dem Keller.

Ah, es geht los! Mich durchflutet eine Adrenalinwelle.

»Behalt du alles im Auge«, zische ich Philipp zu. »Ich gehe einer heißen Spur nach. Wenn ich richtig liege, melde ich mich übers Handy.«

Ich folge den Schritten des Franzosen bis zur Tür in den Garten, dann schleiche ich mich in den dunklen Schatten der Bäume an der Hausmauer entlang, sodass er mich nicht entdecken kann. Sicher wird er jetzt ausspähen, ob im obersten Stock alles ruhig und dunkel ist, damit er ungestört ...

Doch in dem Moment huscht noch jemand an mir vorbei. Jemand mit einem Duft von My Melody. Oberuncool. Das Wesen wieselt zu der Bank, auf der André bereits wibbelt und frohlockt. Gut gelaufen für ihn. Daniela zu trösten scheint genau das zu sein, wonach ihm in dieser Nacht der Sinn steht. Und ob er später noch reimen wird, erscheint mir auf einmal eher unwahrscheinlich.

Auf Zehenspitzen husche ich zurück ins Haus. Jetzt wird die Auswahl immer enger.

Lass es nicht Ludger sein, bete ich zu irgendwem.

Vielleicht zu meiner Mutter, obwohl die im wirklichen Leben ja leider nicht die Fäden ziehen kann.

In der Kellertür stoße ich mit jemandem zusammen. Ludger! Er lächelt mich an. Andere fänden sein Lächeln wahrscheinlich unverbindlich sympathisch, ich finde es anders. Er spricht mich auch noch an. »Na, Schwester Lilly, hast du es dir noch mal überlegt mit dem Musikworkshop?«

Schwester Lilly! Er muss Drogen genommen haben, was auch sein Lächeln erklären würde. Ich schüttele mit fest zusammengepressten Lippen den Kopf und schiebe noch drei Stoßgebete nach. Nicht Ludger bitte, nein, nein, nein!

Aber dann sehe ich vom Kellerflur aus, wie Ludger auf leisen Sohlen die Treppe hinaufsteigt. Ein Pfiff in den Raum, und Philipp steht an meiner Seite. So muss das sein. In einer anderen Zeit wäre ich Amazone geworden. Da bin ich mir relativ sicher. Den Bogen locker am ausgestreckten Arm und die treuen Kriegerinnen und einige ausgewählte Gefährten folgen mir auf dem Fuße. Da braucht es keine Worte.

Dass Vanessa nun aus dem Theaterraum auftaucht, hat allerdings nichts mit dem Pfiff zu tun. Das sehe ich sofort. Kreisrunde rote Flecke haben sich auf ihren Wangen gebildet und irgendwas ist da an ihrem Hals. Aber interessanter noch ist das, was hinter ihr auftaucht, denn das ist niemand anders als Marvin.

Wir kichern, und ich habe Angst, es könnte die

Treppe hinauf zu Ludger dringen. »Pst«, mache ich und blinzele Vanessa verschwörerisch zu.

»Was ist denn?«, zischt Vanessa zurück und stellt sich dicht neben mich. Marvin will wieder zu seinen Kumpels, aber Vanessa hält ihn am Shirtsaum fest.

»Showdown!« Ich zeige mit dem Finger die Treppe hinauf, und Vanessa zerrt Marvin, der nichts versteht, am Ärmel hinter sich her, um Philipp und mir zu folgen.

Als wir vier aber am obersten Treppenabsatz angekommen sind, ist der Flur leer. Nur die Umzugskartons stehen nach wie vor hoch aufgestapelt neben meiner Zimmertür. Aus der Abstellkammer dringt kein Mucks.

Etwas greift mir an den Unterschenkel. Instinktiv halte ich mich an Philipp fest, um nicht die Treppe hinunterzupurzeln.

Ich unterdrücke ein Quietschen und schaue nach unten. »Frisbee, wie kommst du denn hierher?« Die Hofkatze schaut unschuldig zu mir hoch und dreht sich zu ihren Kumpanen um. Natürlich, zwei Stufen tiefer lauern Whiskey und Pfote und sehen erwartungsvoll zu mir auf.

Vermutlich sind sie ins Haus geschlichen, als die Eingangstür offen stand. Eine solche Gelegenheit, die warmen Plätzchen im Hausinneren zu erkunden und die geheimen Luxusecken ihrer Erzfeindin Soraya auszuspionieren, wollen die drei sich nicht entgehen lassen.

Die Katzen müssen warten, entscheide ich und schleiche den anderen voran zur Tür der Abstellkammer. Eine Hand schießt hervor, Wiebke packt mich, ich ziehe Philipp hinterher, Vanessa und Marvin folgen auf dem Fuße, und schließlich stehen wir alle eng aneinandergepresst in der kleinen Kammer um den leise schnarchenden Smutje herum.

Wiebke platzt beinahe vor Mitteilungsdrang. »Ihr werdet es nicht glauben. Er ist drin. Er ist wirklich drin! Keine Ahnung, warum er in das Zimmer gegangen ist. Vielleicht, weil Smutje gerade gegrunzt hat oder so. Auf jeden Fall ist er drin, obwohl er sich eigentlich nur gebückt hat, um den Brief unter der Tür hindurchzuschieben. Ich fasse es ja überhaupt nicht ...«

»Ludger.« Philipp gibt sich wirklich Mühe, seine Stimme gelangweilt klingen zu lassen.

»Voll daneben!« Wiebkes Stimme quietscht.

In dem Moment bricht draußen ein Radau wie auf dem Rummelplatz aus, ein Poltern und Schreien, Flüche und Fauchen. Wir erstarren.

Nur Smutje erwacht. Er richtet erst die Ohren auf, dann hebt er den Kopf, und ehe wir uns versehen, hechtet er mit freudig wedelndem Schwanz und jugendlichem Schwung an uns vorbei, als hinge draußen eine Wurst für ihn.

Einfach tierisch

Ganz bestimmt ist Soraya an allem schuld.

Anstatt sich ein sicheres Versteck vor den dreist in ihr Revier eingedrungenen Hofkatzen zu suchen, hat sie ihren massigen Körper wahrscheinlich auf durchgedrückten Beinen mit erhobenem Schwanz und Kopf an den Streunern vorbeigeschoben.

Ich kann mir gut vorstellen, wie Whiskey, Pfote und Frisbee gleichzeitig zur Verfolgung angesetzt haben und Soraya merkt, dass sie es mit ihrer Arroganz zu weit getrieben hat. Der sicherste Platz für sie wäre die oberste Kiste der gestapelten Umzugskartons gewesen, doch sie ist wohl danebengesprungen.

Der Turm aus Pappkisten stürzt zusammen, auf die drei anderen Katzen, und Smutje wühlt mit dem Kopf voran und buddelnden Pfoten nach dem fetten Pelz.

Die Tür zu meinem Zimmer wird im gleichen Augenblick aufgerissen, als wir alle sechs aus der Besenkammer treten, mitten hinein in eine Szene wie aus einem Comic. Was da um mich abgeht, überblicke ich in wenigen Sekunden, aber ich verstehe nur knapp die Hälfte.

Weil Smutje nicht mehr weiß, wo rechts und links, wer Freund und wer Feind ist, springt er den Typen aus meinem Zimmer an und drückt ihn mit den Vorderpfoten zu Boden. So bleibt er stehen und wartet auf das Lob, das ihm ohne Zweifel zusteht.

Soraya fixiert fauchend Pfote, der sich nun auf mein Bücherbord gerettet hat. Sie setzt zum Sprung an, aber Whiskey hat die Lage eiskalt analysiert, springt im gleichen Moment quer zu Sorayas Flugbahn, rammt sie einen Meter vor dem Ziel und wirft sie derart aus der Bahn, dass die edle Perserkatze wie ein nasser Lappen gegen die Wand klatscht und mit ausgefahrenen Krallen zu Boden rutscht.

Pfote nutzt die kurze Atempause, um unter den Arm des Menschen zu fliehen, den Smutje im Schach hält. Smutje freut sich ganz offensichtlich, den kleinen Kater zu sehen, steckt den Kopf unter die Achsel des Menschen, um dem kleinen Helden zu zeigen, dass er auf ihn aufpasst. Pfote, jetzt doch verunsichert, verkriecht sich weiter, und Smutje leckt, offenbar weil er gerade so guter Laune ist, mit Begeisterung das Gesicht des Menschen ab.

Fassungslos schauen meine Freunde und ich auf das Chaos. Ich beuge mich vor, hole tief Luft und blicke mit blitzenden Augen auf den gestellten Übeltäter hinab. »Kannst du mir vielleicht erklären, was hier los ist, Valentin?«

Valentin blickt auf und starrt mit hochroten Wangen in ein wütendes und fünf feixende Gesichter.

»Ich ...«

»Was lärmt ihr hier herum! Wird das eine nicht genehmigte Hausversammlung, oder was?« Polternd stürmt Hecke den Gang hinab.

»Herr Hecke, was ist passiert?« Von der anderen Seite eilt Papa herbei, natürlich mit Angela im Schlepptau, deren wogende Oberweite beinahe den rostbraunen Sari sprengt, den sie zur Nacht zu tragen pflegt.

Jetzt tappt auch Opa Hinnerk aus seinem Zimmer. Er sagt nichts, niest nur.

Soraya lugt aus der Abstellkammer, in die sie sich gerettet hat, sieht ihr Frauchen und setzt zum Sprung an. Entweder sie kann wirklich nicht zielen, oder Angela macht einen zu hastigen Ausfallschritt. Jedenfalls landet Soraya auf Heckes grau bekitteltem Arm, bemerkt ihren Irrtum aber sofort und hinterlässt, bevor sie weiterspringt, auf der Wange des Hausmeisters einen Abdruck, der dem auf meiner Tapete verdammt ähnlich sieht.

Hecke schreit auf, was Smutje als einen Angriff gegen Opa Hinnerk versteht, worauf er sich aufrichtet und seine pelzigen Pfoten auf Heckes Schultern stellt. Dass dabei seine Hinterpfoten auf Valentins Gesicht stehen, scheint den treuen Smutje nicht zu stören. Er lässt sich erst vertreiben, als er den Hausmeister erkannt und dessen Wunde mit einem feuchten Zungenschlecker versorgt hat.

Papa drängt sich durch den Pulk vor der Zimmertür. Er schaut mir tief in die Augen. »Kannst du mir vielleicht erklären, was hier los ist? In deinem Zimmer?!«

Na, der hat Nerven. Ich seufze tief. »Wenn ich das nur wüsste, Papa.«

Konferenz mit Dichter

Philipp hilft Valentin auf die Beine, indem er ihm die Hand reicht und ihn mit einem Ruck nach oben zieht. Valentin hat einen panischen Ausdruck in den Augen, doch bevor er sich verziehen kann, schieben ihn Malte und Philipp in mein Zimmer. Wiebke drängelt hinterher, und Vanessa zögert verunsichert.

»Was geht?«, fragt Marvin. »Party ist doch unten, oder? Kommste mit?«

»Lass uns doch eben noch hierbleiben«, sagt Vanessa und blickt zu uns anderen. Wir setzen uns im Schneidersitz auf den Boden in meinem Zimmer, als sich die Erwachsenen wieder verkrümeln.

»Aber jetzt ist Ruhe hier!«, bestimmt Papa noch.

»Und schafft die Katzen raus!«, bringt Opa Hinnerk zwischen zwei Niesern hervor.

»Das gibt ein Nachspiel!«, hören wir Heinz Hecke am Fuß der Treppe stänkern. Er hat sich Whiskey und Frisbee unter den Arm geklemmt und strebt nun mit ihnen nach draußen, um sie dahin zu schaffen, wo sie sein dürfen. Das ist kein leichtes Unterfangen, denn Whiskey und Frisbee gefällt es in der gemütlichen Villa mit all den weichen Kissen und verschwiegenen

Ecken sicher sehr. Außerdem ist ja Pfote noch irgendwo unterwegs, aber um den wird sich Heinz Hecke wohl später kümmern. Zwei Katzen gleichzeitig zu transportieren ohne Ganzkörperschutzanzug ist schon eine denkwürdige Leistung.

Smutje bahnt sich einen Weg in unseren Kreis, legt seinen Kopf auf Valentins Schoß, als spüre er, dass der Junge einen Verbündeten braucht, und döst vor sich hin, während ihn Valentin zwischen den Ohren krault.

Wir blicken zu Vanessa und Marvin, die immer noch nicht ausdiskutiert haben, ob sie wieder zur Party gehen oder nicht, doch schließlich ist es Vanessa, die mein Zimmer betritt und hinter sich schließt, während Marvin die Treppen hinunterspringt, um mit seinen Freunden abzufeiern.

Vanessa quetscht sich zwischen Wiebke und mich und starrt, genau wie alle anderen, auf Valentin, der die Unterlippe vorgeschoben und Schweißperlen auf der Stirn hat.

»Ich kann das nicht fassen«, schnauze ich ihn an. »Du hast mir diese Briefe geschrieben? Was hast du dir dabei bloß gedacht? Wolltest du mich hochnehmen, oder was?«

»He, he«, sagt Philipp und macht beschwichtigende Gesten mit den Händen in meine Richtung. »Mach mal halblang. Valentin sitzt hier schließlich nicht vor laufender Kamera vor dem Fernsehgericht, oder?«

Ich funkele ihn zornig an. Ein bisschen habe ich das Gefühl, dass er mir in den Rücken fällt. Andererseits ergeben seine Worte auch Sinn. Keiner will Valentin verurteilen. Noch nicht jedenfalls.

»Ich fühle mich jetzt echt total wie ein Angeklagter und hab auch keine Ahnung, was ich hier noch soll«, sagt Valentin und will aufstehen, um sich zu verabschieden. Wiebke hält ihn am Arm fest, sodass er sich wieder setzen muss.

»Vielleicht ist es dir lieber, mit Lilly allein zu reden?«, fragt sie einfühlsam.

Doch Valentin reißt die Augen auf. »Da sei eine gute Macht vor!«, ruft er entsetzt, und die anderen lachen. Bis auf mich. Ich habe den Gag nicht verstanden und will einfach nur eine Erklärung.

»Hör mal, Valentin, du schickst mir jetzt seit mehreren Tagen Liebesgedichte, ohne deinen Namen darunter zu setzen. Ich hab echt null Ahnung, was ich davon halten soll. Wolltest du mir sagen, dass du in mich verliebt bist, oder wie? Eine blödere Anmache hättest du dir kaum ausdenken können.«

Nun wird Valentin knallrot und will schon wieder aufstehen, um sich in sein Zimmer zu verkriechen, aber jetzt sind es Malte und Philipp, die ihn zurückhalten.

»Ich finde es schade, dass du nie irgendwas mitmachst«, sagt Philipp zu Valentin.

»Ihr lasst mich ja nicht.« Sein Gesicht nimmt wieder einen bockigen Ausdruck an.

Ich stoße ein spöttisches Lachen aus. »Wie sollen wir denn auch! Du verbarrikadierst dich tagtäglich in deiner Hütte. Sollen wir dich an Ketten herausschleifen, oder was?«

»Ist gar nicht wahr«, verteidigt sich Valentin. »Beim Lagerfeuer hast du gesagt, ich soll gehen. Und aufdringlich will ich nicht sein. Wenn ihr mich nicht leiden könnt, bleibe ich lieber allein.« Valentin sieht nun aus, als nehme er all seinen Mut zusammen, um so offen mit uns zu reden. Er hat ja auch nichts mehr zu verlieren. Entlarvt zu sein als jemand, der Liebesgedichte an Mädchen schreibt, bedeutet, dass sowieso alles egal ist. Schlimmer kann es nicht kommen. Wenn er Pech hat, wird er für alle Zeiten der Clown des Hauses sein.

»Ich werde für alle Zeiten der Clown des Hauses sein. Gratuliere, Lilly. Wolltest du das nicht schon immer erreichen?«

Ich schiebe den Kopf ein wenig vor, fixiere meinen Stiefbruder, und auf einmal merke ich, dass mich alle anschauen, als sei ich nun die Angeklagte. Aber das ist nicht der Grund, warum ich auf einmal die Schultern hängen lasse und ungläubig den Kopf schüttele. »Das ist doch Quatsch«, sage ich. »Tut mir leid, wenn es so rübergekommen ist.«

Ein ganz kleines unsicheres Lächeln erscheint auf Valentins Lippen. Ich dagegen spüre mehrere Nadelstiche im Bauch. Auf einmal sehe ich Valentin mit anderen Augen. Klar, mein Typ ist er absolut nicht, aber nicht jeder kann so cool sein wie Philipp oder so witzig wie Malte. Ihn deswegen auszuschließen aus der Gemeinschaft ist schon ziemlich unfair. Zumal ich ihm nie eine Chance gegeben habe, zu beweisen, dass er auch nette Seiten hat. Wie er da jetzt so sitzt und offen über das redet, was ihn verletzt hat, das gefällt mir. Auch die anderen sind merkwürdig berührt.

»Ich würde mich freuen, wenn du ab und zu mal was mit uns unternimmst«, sagt Wiebke. Die anderen nicken beifällig.

»Aber wenn ich im Sommer wiederkomme, und du hast Wiebke reimtechnisch angebaggert, gibt's was auf die Glocke«, meint Malte und lacht Valentin an.

»Ich schlage mich nicht im realen Leben, und reimen kann ich auch nicht.« Valentin erwidert sein Grinsen.

Wie? »Jetzt verstehe ich gar nichts mehr«, rufe ich. »Hast du nun die Briefe geschrieben oder nicht?«

»Ja, schon, ich hab sie abgetippt. Aus einem Internetforum für Liebeslyrik.« Das Geständnis fällt ihm nicht schwer, und die Lacher der Jungs hat er auf seiner Seite. »Ich hab ein bisschen recherchiert«, fährt er fort. »Frauen finden es aufregend, wenn sie in Liebesdingen vor Rätsel gestellt werden. Ich wollte ja schließlich nur, dass ihr euch mal Gedanken über etwas, das mit mir zu tun hat, machen müsst. Und«, er grinst, »hat ja auch geklappt! So wie heute habt ihr euch noch nie um mich gekümmert!«

Wie billig, schießt es mir durch den Kopf. Na, warte, das zahle ich dir heim! Mir vorzugaukeln, ich hätte einen Fan. Unverschämtheit. Ich höre, dass meine Zähne quietschen, während ich mich quäle, zu schweigen statt weiterzustänkern.

»Wie unromantisch!«, ruft Vanessa, während ich mir an die Stirn fasse und mich einfach nach hinten fallen lasse. Smutje ist sofort an meiner Seite, um nach dem Rechten zu sehen.

»Lasst uns doch jetzt noch runtergehen. Die anderen auf der Party werden uns sicher schon vermissen«, meint Malte und blickt Wiebke an. Sie nickt. Auch die anderen stehen auf.

Ich hole tief Luft, als ich neben Valentin als Letzte mein Zimmer verlasse. »Kommst du mit runter?«

»Ja.«

»Du, Valentin?«

»Hm?«

»Bist du wirklich nicht die Bohne in mich verknallt?«

»Kein bisschen«, behauptet er.

»Sicher?«

Er nickt mehrmals. »War nur Scherz.« Er wird wieder rot, und ich grummele vor mich hin. Es hätte durchaus seinen Reiz, ihm einen Korb zu geben. Aber das ist ja nun doch nicht nötig.

»Dann bin ich ja beruhigt«, sage ich. »Und ich hab mindestens einen Scherz gut. Dann, wenn du überhaupt nicht damit rechnest«, drohe ich.

Valentins Lachen verunglückt ein bisschen. Immer darauf gefasst sein zu müssen, dass ich mir eine Gemeinheit ausdenke, ist keine optimale Zukunftsperspektive. Und mir wird schon was einfallen!

Auf dem Weg in den Keller sehen wir auf der Fensterbank neben der Eingangstür den kleinen Kater Pfote auf dem Samtkissen sitzen, das Angela für Soraya bestickt hat. Schnurrend hat er sich darauf eingerollt, und ab und zu schaut er nach draußen, wo Whiskey und Frisbee feixend sitzen. Von Soraya fehlt jede Spur. Ich hebe den Kater auf, drücke meine Nase in sein Fell, streichele ihn und trage ihn schweren Herzens nach draußen zu seinen Kumpels. Später werde ich den dreien noch eine Schüssel Sahne bringen.

Abschiedstränen und Liebesbeweise

Die ersten Tage des Abschieds rund um die Villa Wildsee sind ein Mischmasch aus Traurigkeit und Romantik, Erleichterung und Schmerz. Manche freuen sich auf ihr Zuhause, die meisten würden wohl gern noch bleiben, aber schon drängeln die nächsten Gruppen nach, um unsere Villa mit Leben zu erfüllen. Eine Schulklasse hat sich angemeldet, ein Kinderzirkus mit Kids zwischen acht und vierzehn Jahren, ein Schwimmverein, eine Gruppe von Mädchen, die an einem Modelwettbewerb teilnehmen, und Pfadfinder aus Berlin.

Magnus Lamentus wird in diesem Sommer mit Sicherheit keine Ruhe finden, und meine Freunde und ich werden kaum zum Luftholen kommen vor lauter neuen Eindrücken.

Atemlos ist gerade auch Wiebke, die eng umschlungen mit Malte auf dem Vorplatz der Villa steht. Vanessa und ich stehen in gebührendem Abstand parat, um sie aufzufangen, falls sie in Ohnmacht fällt. Und natürlich auch, um nichts von dem zu verpassen, was die beiden sich da zuflüstern. Der Fahrer des Reisebusses hat den Motor angeworfen, die besten Plätze im Bus sind bereits besetzt, das Gepäck wird noch verstaut.

Wiebke weint, während sie Malte ganz fest hält.

»Musst nicht heulen«, sagt er zärtlich und küsst ihre Nasenspitze und dann ihre Wangen. »Ich komme doch wieder.«

»Das dauert so lange«, bringt sie zwischen zwei Schluchzern hervor. »Schreibst du auch sofort?«

»Ist gebongt. Das Erste, was ich mache, versprochen!«

Vanessa und ich wechseln einen Blick. Wir leiden mit. Ein bisschen zumindest.

Den Girlies aus St. Peter-Ording weinen wir Villa-Wildsee-Mädchen keine Träne nach. Nur Nasi steht in der Einfahrt, kickt einen Stein und tut, als wäre er rein zufällig gerade unterwegs. Sein Kopf wackelt hin und her, während er lässig ein paar Schritte vor, ein paar Schritte zurück geht und immer wieder Blicke zu den Mädchen wirft, die um den Bus herumspringen. Manche von ihnen stehen mit den Franzosen zusammen, und ich sehe, dass André und Daniela schier miteinander verschmelzen, ganz ungeniert vor allen anderen.

Pretty Pickel bemerkt Nasis Blicke und hebt grüßend die Hand, was ein Lächeln unter seine Nase zaubert und ein Leuchten in seine Augen. Aber es nützt ja nichts mehr. Er wird nie erfahren, ob er nicht doch eine Chance bei ihr gehabt hätte, wenn er hartnäckig geblieben wäre.

Ich boxe ihm auf den Arm. »Wenn du dich das nächste Mal verknallst, helfen wir dir. Alleine kriegst du das offenbar nicht gebacken.« Ich grinse ihn an, und ehe Nasi was erwidern kann, ertönt ein Pfiff aus dem offen stehenden Fenster der Küche. Opa Hinnerk vermisst seinen Helfer. Nasi legt einen Spurt hin.

Erst am übernächsten Tag werden neue Gäste erwartet, vorher steht Großreinemachen auf dem Programm – und für mich ein entspanntes Bad im See plus anschließendem Frühstück mit Philipp in unserer Höhle. Nach der ganzen Aufregung um Liebesglück und Abschiedskummer, um Zickenkrieg und Blödgedichte freue ich mich total darauf.

Aber erst mal muss Wiebke noch getröstet werden, die dem Kölner Bus hinterherwinkt, bis nur noch aufgewirbelter Straßenstaub zu sehen ist. Vanessa, die trotz der Wärme ein Halstuch trägt, und ich nehmen sie in ihre Mitte. Ein bisschen erstaunt es mich schon, dass von Wiebkes anfänglicher Scham so gar nichts mehr zu spüren ist. Was hat sie sich aber auch angestellt, weil sie nicht Teil eines verspotteten Moppelpaares sein wollte! Und? Wen hat es interessiert? Niemanden. Was die Liebe doch so alles mit einem anrichten kann.

Wiebke schnäuzt sich noch mal kräftig die Nase, dann versucht sie ein Lächeln. »Also, eines kann ich euch sagen. Ich weiß ja nicht, wie die Franzosen küssen, aber besser als Kölner Torwarte können die das bestimmt nicht.«

Wir blicken Vanessa an. Wird sie diese Schmach auf sich sitzen lassen? Aber sie grinst auch nur. »Herauszufinden, wie die Franzosen küssen, müssen wir auf später verschieben. Ich kann euch aber beweisen, dass die Kölner große Talente sind.« Sie zieht ihr Halstuch ein Stück herab und lächelt triumphierend, als wir beiden anderen mit großen Augen auf den riesigen rotblauen Knutschfleck starren. Da muss sich einer richtig an ihr festgesaugt haben.

»War das Marvin?«, fragen wir erschüttert.

Vanessa nickt stolz. »Das müssen ihm die Engländer erst mal nachmachen, oder woher kommen die Jungs, die sich für nächste Woche angemeldet haben?«

Wiebke und ich grinsen uns an, bevor wir alle drei einen Wettlauf zurück zur Villa machen.

*Mein Dank geht an Heiko, Petra, Elisabeth,
Heinz-Werner und Peter für die wertvollen
Kollegengespräche sowie an Carolin Böttler und
Stefan Wendel für die kreative und konstruktive
Zusammenarbeit und – wie immer –
an meinen Lieblingsfrank.*

Bei Thienemann von Martina Sahler in der Reihe »Freche Mädchen – freche Bücher!« ebenfalls erschienen:

Ein Engländer zum Küssen
Der küssende Holländer

Sahler, Martina:
Franzosen küssen besser
ISBN 978 3 522 50032 6

Reihen- und Einbandgestaltung: Birgit Schössow
Texttypografie: Marlis Killermann
Schrift: Aldus Roman und Coop Flaired
Satz: KCS GmbH, Buchholz/Hamburg
Reproduktion: Medienfabrik, Stuttgart
Druck und Bindung: Friedrich Pustet, Regensburg
© 2007, 2009 by Thienemann Verlag
(Thienemann Verlag GmbH), Stuttgart/Wien
Printed in Germany. Alle Rechte vorbehalten.
5 4 3 2 1° 09 10 11 12

www.thienemann.de
www.frechemaedchen.de
www.martinasahler.de